妹妹の夕ごはん

台湾料理と絶品茶、ときどきビール。

猫田パナ

富士見L文庫

目次

1　婚活、全然向いてない。〜コンビニ弁当と缶ビール〜

神様。私の願いは、とてもささやかで単純なものなんです。

ただ一緒にいるだけでお互いに心が満たされる。そんな人生の相棒を、孤独を癒《いや》す仲間を、見つけたいってだけなんです。

三月某日。私は都内のこじゃれたイタリアンレストランで、初対面の男性とお互いの結婚観について語り合っていた。

私たちが話せる時間はわずか五分間のみ。時間になるとアラームが鳴り、係員の指示に従って男性が席を移動し、また別の初対面の男性と会話を始める。これをなんと二十回も繰り返すことになっている。

——ピピピ、ピピピ。

「はーい、それではお時間となりましたので、男性の皆様は右側の席にご移動くださいー」

話していた男性は会釈して席を立って行く。こちらからも会釈を返したけれど、その頃にはもう彼は私のほうを見ていなかった。

「はー、めちゃ疲れる……」

軽く眩暈《めまい》がする。初対面の人と話すのは得意なほうじゃない。緊張で喉が渇いたけれど、テーブルの上のグラスにはもう、溶けかかった氷と麦茶のように薄まったコーヒーがわずかに残るのみ。変な音をたてないよう、ストローで慎重に中身をすすり、わずかな水分を口に含む。もうすぐこの婚活パーティーも終わるから、今さら追加でドリンクを注文する気にもなれない。

「いやーまるで回転寿司《ずし》にでもなったような気分ですなあオッホッホッホッホッホ」

次の男性が姿を現した。品の良《い》いセーターを着た小太りの男性。建物内の暖房が効きすぎているせいで、男性は頬を赤く染めて額には汗をにじませており、手に持った扇子で自身の顔をパタパタと扇《あお》いでいる。

「回転寿司、確かに……」

ゆっくりと左右を見渡す。

次々に席を移動しながら、自分の欲しいものがないか品定めする。そして同時に、自分自身も品定めされていく。

ここでは男性も女性も回転寿司のネタみたいなもんだ。

正直言ってどの女性が人気のネタなのかは、なんとなく私にもわかる。

あのほんわかした雰囲気の小柄な女性はきっと一番人気だろう。最初の自己紹介でお料理が趣味だって言っていたし、話し声も顔立ちもとても可愛《かわい》らしい。寿司ネタで言うならば中トロ。寿司屋を訪れた多くの人がお目当てにしているごちそう。

その隣のはつらつとしたアジアンビューティー風の女性は、さっきからどの男性とも会話が弾んでいる様子だ。明るくて健康的な彼女は寿司ネタで言うならオニオンサーモンマヨ。誰もが手を伸ばしたくなるような、親しみを感じるネタ。

一方私は……。

うーん、芽ネギとか？

好きな人は、好きかもね、みたいな……。

いや、そんなこと言ったら芽ネギに申し訳ないか。

「よっこいしょ、ふー暑い暑い」

オッホッホッホッホさんは私の向かい側の席に腰を下ろすと、さっそく質問シートの新しいページをめくった。この質問シートはパーティーの企画会社から参加者全員に配布されており、あらかじめ様々な質問がプリントされている。参加者はトークタイム中に、質問シートから気になる質問を選び、相手にたずねることができる。そうすることで初対面でも遠慮なく効率的にお互いの情報を聞き出せるという優れもの。

「では、時間もないのでこちらからザッと一通り質問させていただきましょう。まずはお名前をうかがってもよろしいですか……なっ」

やけに古臭い口調のオッホッホッホさんはそう言いながら私の目を見ると、ハッと息をのんですぐに目をそらしてしまった。

私はよく知人から、目が怖いと言われる。大きな黒い瞳とくっきりとした二重瞼《ふたえまぶた》、まではいいのだけれど、目じりがぐいっとつり上がっているのだ。この目のせいで、なにもしていなくても怒っているんじゃないかと人から勘違いされてしまうことがよくある。

その上元々愛想のいい性格でもないし、人見知りも激しい。仏頂面を決め込んで、気の利いたことも言わない女。

そんなことでは婚活などうまくいくわけがないと頭ではわかっていても、人間は性格を急に変えることなどできない。

「松沢夕夏《まつざわゆうか》です」

「松沢さん。僕は梅乃屋角谷三郎《うめのやかくたにさぶろう》と申します」

「えっ……。うめ………？」

やば、全然名前聞き取れなかった。

「よろしくお願い致します」

「あっはい、よろしくお願いします……」

深々頭を下げる彼に合わせて私もぺこっと頭を下げる。名前を聞き返すタイミングを逸してしまった。

なんだか気分が落ち着かなくて、短い髪を右手でわしゃわしゃと掻《か》き毟《むし》る。緊張するとただでさえ低い声がより低くなってしまうのが自分でもわかって嫌だ。

「松沢さん。あの、失礼ですがかなり背がお高いですよね。というわけで質問です。ずばり、身長は何センチあるんですか？」

「百七十三センチです」

正直身長は聞かれたくない。特にこうした婚活の場面では、日本人男性の平均身長を上回る私の身長がプラスに作用する可能性は低いと考えるからだ。

「そうですかぁー。そうすると僕より高いですなあオッホッホッホッホ。いやはやモデルさんみたいで羨ましい限り」

言いながら、オッホッホッホッホさんは質問シートにささっと走り書きをする。

ちなみに「モデルさんみたい」というのは背の高い女性誰しもに対して言いがちな褒め言葉なのだろうと思っているから、言われてもなにも思わない。本当に「モデルさんみたい」だと思われているわけではないこともわかっている。

「では次の質問にうつります。年齢はおいくつですか？」

「三十歳です」

「そうでしたか。なんと僕と同い年です同級生同級生オッホッホッホッホ」

こうして婚活パーティーに参加するようになって初めてわかったことだが、意外と二十代のうちから婚活を頑張っている女性が多い。婚活をしようと思い立った頃には「まだ三十歳だし」と思っていたが、若い女性とこうして条件で比べられてしまうと自然「もう三十歳なのだ」という気持ちにもなってくる。

にしてもオッホッホッホッホッホさん、同い年だったのか。すごく昭和の香りが漂っている感じだからてっきり年上かと思っていた。

「お仕事はなにを？」

「飲料サーバーの会社で事務をしてます。ブライトドリンクっていう会社で」

「ああー、なんか僕知ってるかも。オフィスにコーヒーマシンをレンタルしている会社ですよね。ちなみになんですが……将来的に異動の可能性とかってあっちゃったりしますぅ？」

「可能性はあります。まあ異動しても関東圏内ですけど」

「関東圏内と言っても結構広いですからねえオッホッホ」

そう言いつつも、オッホッホッホッホさんはまた律儀にメモを取る。

そのメモ、もう不要だってわかっているんじゃないですか？と言いたい。

どう考えてもここまでのやりとりの様子から察するに、私はオッホッホッホッホさんが結婚相手に希望する条件を満たしていない。

「それでは……ご趣味をうかがっても？」

「趣味は邦楽のロックを聴くことです。たまにライブに行ったり、自宅でギターを弾いたり」

「ほほう、ロックですか。すみません僕、そういう音楽にはうとくて」

「ええ……はい……」

なにも、うまい返しが思いつかない。

「あの、ちなみにお料理をされたりとかは」

「すみませんけど、料理は苦手で」

なんとなく婚活しているのに料理が苦手なんて努力が足りていないような気がしてしまって、ちょっと申し訳ない気分になる。自然、顔が曇る。

「そうなんですねぇ。いやあでも今宅食とか色々ありますもんねぇ。えーっとちなみにキレイ好きだったりは」

「いや、部屋の片づけも苦手なほうで」

「あらそうですかぁ。あと、まさか喫煙されたりはしてないですよね？」

「半年前から禁煙してます」

「そうですか。……では、僕からの質問は以上です」

もはやオッホッホッホッホさんはメモを取ることもやめ、暗い表情で静かにボールペンをテーブルの上に置いた。

……えーっと、残りの時間、一体なにをすればいいんだ？

先方がもうこちらに興味のないことは丸わかりだ。

そして私もオッホッホッホッホッホさんとの結婚は考えていない。

それでもきっとなにかたずねるべきではないだろうか。礼儀として。

「あの……。ご趣味……は？」

こわばった作り笑顔でたずねると、オッホッホッホッホッホさんは苦笑いしながら言った。

「本当に知りたいですか？　僕のご趣味」

「いえ……まあ」

「もういいんじゃないですか？」

「ええ」

それもそうだなと思い直し、私はもうそれきり質問するのをやめた。

不毛なやりとりを何度も繰り返しすぎて、私には人に愛想を振りまくような気力はもう残っていない。

まあ元々、愛想ないんだけど。

「ようやく終わりますね、トークタイム」

思わずぽつりと、そう一言つぶやいた。するとオッホッホッホッホッホさんも気が抜けたのか「そうですねぐわあああ」と言いながら大きく伸びをした。

そう、オッホッホッホッホさんはトークタイムで話す二十人目の相手だったのだ。

これにて本日の婚活パーティーは終了。

もちろん手ごたえはゼロ、だ。


ああああああああああああ。


足早に婚活パーティーの会場を去ると、私はまっすぐに駅へと向かって歩き始めた。

慣れない場所に長時間身を置いた緊張感で、身体《からだ》が凝り固まっている。

一歩おおきく足を踏み出すたびに、全くストレッチの利かない窮屈なグレーのセットアップが「はち切れちゃうよ」と悲鳴をあげる。

ほんとはこんなシンプルなデザインのセットアップ、婚活には向かないよな。まるでビジネス用だもん。もっと女性らしさを感じられるようなデザインでなくちゃ。髪だって、せめてボブヘアになるくらいには伸ばしたほうがいいだろうし、フェミニンなメイクも練習したほうがいい。ただでさえ背が高いんだし、性格だって女らしさに欠けているんだから。


今の世の中、多様性を認めよう、個性を尊重しようって盛んに叫ばれている。だけど婚活の世界では旧時代的な価値観が根強く生き残っており、そこでは昔ながらの「良妻」となるような女性であることが求められる。あるべき姿を押し付けられているみたいで、性に合わない。

柄じゃないんだよなー。お上品に笑って男性を立てて、一歩下がって、みたいな。ツヤツヤのロングヘアで、おしとやかな雰囲気のワンピースでも着て、得意料理は肉じゃがですとか本当は言わなくちゃいけない気がする。

でもできない。だってそういう人間じゃないんだもん。本当にそういう人なんだったらいいけどさ、偽りの姿を演じるなんて、できないよ。

そーは言《ゅ》うてもあんた、嫌でもやらんと、あかんやろ。多少はやらんと、あかんやろ。と見えない誰かから責められてる気がして、どうしても婚活の場ではいつも、縮こまって卑屈になってしまう。

自分も出せず、求められているなにかにもなれず、劣等感ばかりが増していく。

それでも婚活しなきゃなんだ……結婚するためには……！

もうストレスは限界値を超えている。身体から発散されない鬱憤を晴らすかのように、気づけば必要もないのに小走りになっていた。

「……しくなぃ……しくなぃ……しくなぃ……」

独り言なんか聞かれたら、変な人だと思われる。

でもどうしても言いたくて仕方がない。

「……らしくない……らしくない……らしくない……」

念仏のようにそう唱えながら改札を通り、今来たばかりの電車に飛び乗った。

きっとあの婚活パーティーに参加した人でこの電車に間に合ったのなんて私だけだろう。

そう思うとほんの少しだけホッとする。つり革につかまり、ぼーっと窓の外を眺める。

午後三時半。日はまだ高い。空は晴れ渡っていてまだまだ今日という日が終わったわけではないことを感じさせる。私にとって今日という日は終わりすぎているのに。

車内には休日のお出かけを楽しんでいる若者や家族連れの姿もちらほら。

今日のパーティーでも二組のカップルが成立していたし、仲良くなった人たちはそのまま近場のファミレスへと流れていったようだった。

「はあ……」

気が重い。もう婚活なんかやめたい。私には向いてない。

そもそも少し前まで私は別に結婚なんかしなくてもいいやと考えていたのだ。

だが一年前頃から立て続けに学生時代の友人数名が結婚したことをきっかけに、私の中のスイッチがカチッと音を立てた。

人生を共に歩む仲間ができたら素敵だなって……。思ってしまったのだ。友人の結婚式ではボロッボロに感動して、会場の誰よりも涙を流していたかもしれない。だってずるいよ、友人の人生を振り返るムービー見せられて、両親への感謝の手紙を音読されて。感動しないわけがないじゃない。

そして新郎新婦の仲睦《なかむつ》まじい様子が目に焼き付いて……。

——次は田無《たなし》、次は田無です。田無から先は各駅に止まります。

「あっぶな……」

意識が現実に引き戻される。考え事に夢中になりすぎて危うく乗り過ごしてしまうところだった。

こんなこと、滅多にないのに……。

婚活パーティーの精神的ダメージ、半端ない。

田無駅で降りると私は足早に改札を抜け、一人暮らしをしているマンションへと向かう。

駅から徒歩二十分、築三十年の鉄筋コンクリート造りのマンション。なぜ駅からさほど近くもなく築年数もまあまあいっているその部屋を借りているのかというと、部屋が広くて防音性に優れているわりに家賃が安かったからだ。

私の生まれ育った実家は都心にあり、立地条件はいいものの家族四人で暮らすには手狭な一軒家だった。一応五畳の自室を与えられてはいたが、家じゅうどこもかしこも物だらけで、不自由に思っていた。ちなみに、いまも実家に住んでいる兄が家業を手伝っているので、ゆくゆくは父の経営する会社もあの家も、兄が継ぐことになるのだろう。

そうした環境で育った私は広々した場所で悠々自適な一人暮らしをすることに強いあこ

がれがあり、今勤めているブライトドリンクの西東京《にしとうきょう》営業所へ配属になったのをきっかけに、そのマンションへと引っ越した。

2LDKで月々の家賃は八万円ちょい。正直広すぎてやや空間を持てあましている感もあり、押し入れの中なんか荷物もなくてスカスカだ。でも趣味のギターも飾れるし、大声でなければ歌ってもご近所迷惑にはならないし、なかなか気に入っている。

やがてマンションが見えてきた頃、私は道沿いのコンビニに立ち寄った。ほとんど自炊をすることはなくて、大抵はこのコンビニか駅前のショッピングモールでお弁当を買う。

今日買うものは決めている。カルボナーラと缶ビールとポテトチップスと唐揚げ。

コンビニで買う食事は大体決まっていて、この組み合わせのカルボナーラの部分がネギ塩カルビ弁当になったりエビドリアになったりはするが、ほぼ固定のメンバーを思考停止で購入している。どれも好物だから頻繁に食べても飽きることはない。だがあまりにも繰り返し食べ続けているため、ものすごく魅力を感じているわけでもない。

「ありがとうございました〜」

速攻で買い物を済ませ、マンションへと急ぐ。

——ああ喉渇いた……。

今すぐプシュっとプルタブを引き上げ、冷えたビールをゴクゴク飲みながら歩きたいくらい。

でもさすがにそんなことはしない。

あと三分で家に着くもんな。我慢我慢。

そうして、まるで誰かを恨んでいるかのように睨《にら》みを利かせながらズンズンと歩を進め、ようやく自宅へと辿《たど》り着《つ》いた。

「ああああああ疲れた」

言いながらすぐにダイニングテーブルの上にスマホとコンビニの袋を置くと、クローゼットのある部屋へ向かった。窮屈なジャケットとロングスカートのセットアップを脱いで適当な場所に放り投げ、ヨレヨレのパーカーとハーフパンツに着替える。

「あああああああ楽」

そしてまたダイニングに戻り、缶ビールのプルタブに指をかける。

——プシュッ！

ふぅ、ようやく……！

とそのとき、テーブルの上のスマホがブブブと振動し始めた。

「えっ」

見れば父親からの着信だ。

「このタイミングで……」

母親からの電話であればいつも他愛のない内容だが、父親から電話が来ることは滅多にない。そして滅多にないだけに、大抵電話が来るときは面倒な用事である場合が多い。

「なんだよー」

全然どんな用事なのか思い当たらない。気がかりだ。

一刻も早く冷えたビールを喉に流し込みたいところだが、モヤモヤした気分ではコンビニで買った宴《うたげ》セットも楽しめそうにない。

仕方がないから、深いため息をついてから電話に出た。

「もしもし、なに？」

不機嫌さがもろに伝わる声だったと思うのだけれど、父は全く気にしていないようでやけに明るい口調で言った。

「おお夕夏。どうだ最近は。婚活うまくいってるか」

「いってないよ」

「だろうな！」

大きな声でガッハッハと父は笑う。だろうなじゃねんだよ、だろうなじゃ。

「彼氏も、いないか？」

「いないよ……」

「まあ当然そうだろうな」

「えっ、なにが言いたいの？」

普段から空気の読めない……いや、空気を読まない父親なのだが、今日はそれにしても酷《ひど》い。空気の読まなさに拍車がかかっている。

「そうすると、相変わらず無駄に広い2LDKに一人で住んでるわけだ」

「そうだけど、だからなんだっていうの？」

「いやー、そのほうが好都合なんだよ、この場合」

「だからこの場合ってなにが？」

「実はな……。お前、うちの取引先で楊食品《ヤンしょくひん》ってとこがあるの知ってるか？」

「え。ああ、台湾《たいわん》の……。知ってるけど？」

父は貿易会社を経営している。主にアジアの食品を取り扱っており、台湾の楊食品は主要取引先だから子供の頃からよくその社名は耳にしていた。たしか楊食品の社長さんは父と歳《とし》が近くて、仲が良かったんだったたような。

「その楊食品の社長の娘さんがな、四月から日本の大学に留学するらしいんだよ」

「へえ、そうなんだ」

「それでな、楊《ヤン》さんは直前になってから住むところを見つければいいと思っていたらしいんだが、もう今からだと大学から近い物件は大体埋まってて、いいとこが空いてないらしいんだよ」

「あー、大学生の頃に友達も言ってたわ。後期の試験で合格して物件探し始めたら、目ぼしい物件は残ってなくて、見つけるの苦労したとかって」

「だろう？　それに初めての海外生活だし、女の子だしなあ。日本での生活に慣れてセキュリティーのしっかりした物件が見つかるまで、信頼できる人のところでホームステイできればって言うんだよ」

「……ん？」

なんだろう。良くない予感がする。

「女の子だろう？　初めての海外での生活。信頼できる人と一緒に暮らせれば安心だろう」

「う、ん？　それはわかったけど？」

「でお前、2LDKだろう？」

「うん……」

「信頼できるだろ？　なんたって、先方の十年来の知り合いである俺の娘なんだから」

「いやいやいやいや」

「それでぜひお願いできないかって言うんだよ」

「いやいやいや……。そんな簡単じゃないでしょ。その女の子だって、見ず知らずの私と一緒に暮らすなんて気をつかうからきっと嫌だよ」

思わず語気を強めてそう言った。人見知りで常に怒ったような顔で料理も掃除も苦手な私と同居しなきゃならないなんて、まるで罰ゲームではないか。その娘さんが可哀想《かわいそう》だ。

「それがな、お前の話をしたら、その娘さんがぜひ、お前と暮らしたいって言うんだよ。ちょうどお前の家がある場所から大学までも、電車で一本で通いやすいらしくてな」

「なんでもう私の話をその娘さんにしてんの？」

「そりゃあ話の流れでな」

「そんな……」

これだから嫌になる。お父さん、きっとまた調子のいいことを言ったに違いない。ぜひ私と一緒に暮らしたい、だなんて……。楊食品の娘さんに私のことを、一体どんな風に話して聞かせたんだか。

「だけどすごく感じのいい子だぞ。ビデオ通話したんだけどな、真面目そうで、やる気に満ち溢《みあふ》れているっていうのかな」

「でも私、正直言って断りたいんだけど……」

「まあそう言うだろうとは思ったが、実はこれはお前にとってもメリットのある話なんだ」

「メリットが？」

メリットなんて、なにをどう考えてもなさそうだけれど。

「まずな、共同生活をさせてもらうかわりに、食費はあちらで持つそうだ」

「食費ねえ」

「食費って、なかなかデカいだろ?」

　確かに現状、私の生活費における食費の割合はめちゃくちゃ高い。大したものを食べているわけではないつもりなのに、食費がかかりすぎている。そのせいで全然貯金もできていない。

「それからな、その娘さん、すごく料理が得意らしい。なんでも将来は日本で台湾カフェを開くのが夢だそうで、そのために日本の大学に留学するみたいでな」

「ほお」

「だからな、日々の料理はその娘さんが全部やるってさ。そしたらお前、毎晩うまい台湾料理が食えるぞ」

「まあ」

「お前酒も好きだろ? その子と暮らせば毎晩が台湾の夜市みたいなもんだ。たまんねぇよなあ、屋台料理をつまみながら飲む台湾ビールは」

「またそんなこと言って……」

　だがそう言われると想像してしまう。

　毎晩が、台湾の夜市かあ。

数年前に台湾旅行へ行ったときのことを思い出す。

士林夜市《しりんよいち》で食べた小籠包《ショウロンポウ》、おいしかったなあ……。働き者のお姉さんが一人で切り盛りしている、小籠包しか売ってないお店でさあ。薄い皮の中に、まろやかな肉汁がうそみたいにたっぷり入ってて。そんで爽快でキレのある台湾ビールがまたよく合うんだこれが。

喉がごくりと鳴る。ああ、そうだった。私喉が渇いてたんだった。

早くビールが飲みたい。ていうか今すぐ台湾料理が食べたくなった。

「どうする。食費は浮くし、毎晩うまい台湾料理。それに住む場所が見つかるまでの期間限定だ」

「うーん」

確かに住む場所が見つかるまでのことなんだったら、そんなに構えて考えなくてもいいのかもしれないな。食費が浮くのは助かるし、台湾料理も食べたいし。

楊食品は父の会社の大事な取引先だから、無下にもできないし。その女の子だって初めての日本での一人暮らし、不安なんだろうし。

「どうだ、夕夏。ダメか？」

「いいよ、引き受ける」

「ほんとか！」

「……うん」

父の声音の明るさに、少しイラつく。

「夕夏、謝謝《シェイシェイ》」

「うっさい！」

「ガッハッハ！　じゃあ、さっそく楊さんに連絡するから。ほんと、謝謝な！」

そう言い残すなり、父は電話を切った。

きっと速攻で楊さんに連絡するのだろう。私の気が変わらないうちに。

「まったくもう……」

だがこれでようやく、ビールにありつける。

――ゴク、ゴク、ゴク。

「ぷはぁ」

ビール片手に、部屋を見渡す。

ソファーの上では今朝脱いだパジャマやら、寒いときに羽織るように置きっぱなしのフリースの上着やらがぐしゃぐしゃになって山脈を形成している。ダイニングテーブルの上にはウェットティッシュにのど飴《あめ》、ふりかけ、大袋に入ったチョコのお菓子、読みかけの漫画、顔パック……。なんとなくそこに置いたものが、そのまま置かれ続けて段々増えていき、今やテーブルの半分くらいの面積を占拠している。ゴミ箱はお菓子の包装紙が雑に突っ込まれて今にも溢れ出しそう。キッチンカウンターではもう空になったワインやウイスキーの瓶が片づけられないままオブジェのようになり、埃《ほこり》をかぶりつつある。

その女の子がいつ来るのかわからないが、この部屋の散らかりようと言ったら……とても人を呼べるような状況ではない。

カレンダーに目をやる。四月まで約半月。学校が始まる一週間前くらいには、こっちに引っ越しておきたいと思っているかもしれない。

えっ。じゃあもしかして、あと一週間くらいで来るかもしれないってこと？

それまでに部屋、どうにかしなきゃ……。

そう考えるとどうにも落ち着かない気持ちになってきた。


毎朝八時四十五分頃、私はブライトドリンク西東京営業所に出勤する。

眠い。眠すぎる。涙目になりながら大きなあくびを一つ。朝は苦手だ。

「おはあぁざあぁーす」

自分でもなにを言っているのかわからない挨拶をしながら営業所の扉を開くと、若い配送員たちが出かける準備をしているところだった。

「ウィーッス」

「ねえさんチッス」

ここ西東京営業所の配送員は結構威勢のいい男の子が多い。男の子と言ったって、ほとんどはもう二十歳を過ぎているのだけれど、自分が三十になってみると二十過ぎたばかりの子なんてまだまだ男の子だ、と思ってしまう。

「おっ、夕夏ちゃんおはよっ！　今日はまた一段と綺麗《きれい》だネッ！」

今度は年配の営業課長が現れた。年配とは言っても気分はまだまだイケイケ。どういうわけだかブライトドリンクの社員は若くても年配でもイケイケの……いわゆる陽キャが多い。

一方の私は陰キャ。

だから社風に合わないいんじゃないかと入社したての頃は思っていたのだけれど、時と共に次第に私もみんなに慣れていき、ここにいることがいつの間にか私の日常になっている。

「なんですか菊本《きくもと》課長。朝から綺麗だねなんて。どうせ面倒なことでも起きたんでしょ？」

「あったりぃ！　さすが察しがいいねぇ夕夏ちゃんは。実はちょっとお客さんから問い合わせがあってさ……」

困り顔の菊本課長からあれこれ説明を聞き、問い合わせへの対応を二人で考える。

「こういう表を作ればよくないすか」

「じゃー悪いけどお願いできる？　夕方一度営業所に戻るから、そのときまでに」

「了解です」

「よしっ！　じゃ、いってきまーす！」

「いってらっしゃーい」

　威勢よく営業所を飛び出していく菊本課長を見送り、自分のデスクへと向かう。ＰＣの電源を入れ、所内にあるコーヒーサーバーの元へ。このコーヒーサーバーはうちで扱っている中でも最も性能の良《い》い最新式で、注文のボタンを押してから豆をひくから、コーヒーができあがるまでには時間がかかるけれど、その分香りもよくフレッシュな味わいのコーヒーを楽しめる。

　このおいしいコーヒーを無料で飲めるのが、この会社に入ってよかったことの一つかも。コーヒーができるのを待つ間、なにげなく所内を見渡す。配送員も営業もメンテナンス担当も皆出払ってしまって、所内には私と蓮見《はすみ》所長しかいない。これもまたいつものことだ。

　蓮見所長がこの営業所に異動してきたのは、一年ちょっと前のことだった。他の営業所の事務員さんから「感情の薄いルパン三世よ」との前評判を聞かされており、一体どんな人だろうと最初のうちは警戒していたが、徐々に人柄がわかると警戒心は解けていった。

所長は基本無表情だが根は優しい人で、面倒見がよく人から頼られやすいような性格をしているものの、どこかひょうひょうとしている部分もあり、バランスをとりながらうまく立ち回っている印象だ。

クールな顔立ちとスラリとしたスタイルの良さから、冷たく都会的な印象があって話しかけにくいと思っていたのは遥《はる》か昔のことのよう。今では日中時間の空いたときに無駄話をする仲にまでなっている。

淹《い》れたてのコーヒーを手にデスクに戻ると、私はさっそくラジオをつけた。静まり返った事務所で一日仕事をしていると妙な緊張感で逆に疲れてしまうから、所長に許可をとって毎日ラジオを流している。

——トウケイエフエム、エイティ〜。

聴き慣れたラジオの音が日常を優しく彩る。こんななにげない瞬間に、私はちょっとした幸せを感じている。

「松沢さん、本社から例の契約書が送られてきたから、明日までに処理しておいてもらえる？」

「わかりました」

蓮見所長はクリアファイルに入れた書類を私のデスクの端に置くと、コーヒーサーバーのほうへ向かった。

さっそく書類をペラペラめくりながら内容を確認する。今まで受けたことがないタイプの契約だったので、処理方法が気になっていた。

「あ、システムへの登録方法を説明した紙も入ってる」

「うん、本社の担当者が各営業所用に作ったらしいよ。わかりにくいから……」

マイルドブレンド・ブラックのボタンをぽちっと押すと、所長はサーバーの前でストレッチを始めた。最近肩こりが酷《ひど》いらしくて、このところ毎日肩の筋を伸ばしたり腕をぐるぐる回してばかりだ。

「やーでもよかったです、ギリギリ締め日に間に合って」

「ほんとだよぉ。これで一安心」

今度は頭を手で押さえながら首のストレッチを始めた。

「あの……整体にでも行ったらどうなんです？」

「整体ねえ。そういうところは行ったことないから怖くて予約の電話もできないよ」

「ふっ、別になにも怖くはないと思うんですけど」

「慣れないことするの苦手なんだよー。それにどうせ、行ったたってまたすぐ悪くなっちゃうんだから。四十超えた頃から毎日身体《からだ》の疲れが抜けなくってさ」

「それってちょうどここに異動した頃からってことじゃないですか」

「あ、確かに。いやあ、老体にはキツかったよ。一からこの地区の取引先を覚え直して、方々に挨拶回りに出向いてさ」

「前にいた営業所より大変ですか？」

「いやー、慣れたらそんなには。ここはみんな人がいいから、やりやすいよ」

「まあなんだかんだ、そうなんですよね」

西東京営業所に勤め始めてから早六年。この営業所のことを褒められると、なんだか自分のことを褒められたかのように嬉《うれ》しい気持ちになる。

「あ、そういえば松沢さん、昨日婚活パーティーだったんでしょ？　どうだったの」

「ああ……」

そうだった。先週、あまりにも話すネタがなさすぎて、ついつい所長に婚活パーティーへ行く話をしてしまったんだった。

「もーこれ以上なく駄目でしたね」

「そうなの？　そんなことはないでしょ」

「そんなことがありすぎなんですよ。まー多分、話した男性全員から感じが悪いって思われました」

「へえ。……いや、そんなことはないでしょ？」

「いえいえいえもう思い出したくもありません」

頭の中に昨日の嫌だった場面の総集編が勝手に流れ始め、私は思わず苦虫を噛《か》み潰《つぶ》したような顔になった。

「あらそう。それじゃ残念だったね……。でもまた行ってみれば」

「いえもう……。あ、そうだ。それよりその後、大変なことが起きたんですよ」

早く婚活の話を終わりにしたくて、別の話題を振ることにした。

「なになに、大変なことって」

「実は、父の知り合いの娘さんと一緒に暮らすことになったんですよ」

「なにそれ……。どういうこと?」

「あの、父の会社の取引先に台湾の食品会社があるんですけど、そこの社長の娘さんが……」

一通りの説明を終えた頃には所長は瞳を輝かせていた。退屈な日常に面白い話の種が舞い込んできたからだろう。きっとしばらくはこの話で楽しむつもりだ。

「へえーなんだかすごいねえ松沢さんのお父様は。だけどいいじゃないの、毎晩おいしい台湾料理が食べ放題だなんて。松沢さん毎日のようにコンビニ弁当なんだから、その子の手料理を食べたほうが健康にも良さそうだし」

「そりゃ……そうですけど。でも部屋の掃除も急いでしなきゃだし、その娘さんまだ十八歳らしいんですよ。そんな若い子とうまくやっていけるのかどうか」

「それでなに、いつからその子は来るの」

「それが、次の日曜日にはもう来るらしいです。今朝起きたら父からメールが入ってて」

「へえー、随分と急だね!」

いつもはテンションが低めなくせに、やけに楽しげにしている所長を見ていたら段々ムカついてきた。

「所長、面白がってますよね。こっちは大変なんですよ。見ず知らずの、言葉がどのくらい通じるかもわからない女の子と突然一緒に暮らすことになったんですから」

「いやあだって面白いよぉ。普通そんなこと起きないもん」

もはや隠すこともなく、蓮見所長はニヤニヤ笑っている。

「まったく、他人事《ひとごと》だと思って……」

「まあ大変だろうけどさ。でも、その台湾の子だって初めての日本での生活、不安なんだろうから。温かく迎え入れてあげなよ。部屋の掃除より、そっちのほうが大事」

「そりゃあまあそうですけど……。部屋は掃除しないと本当にヤバいんで」

「大丈夫大丈夫。女の人は気にし過ぎなんだよなあ、そういうの」

「いやいや、普通のキレイ好きな女性と違って私、根っからのズボラなんで……。レベルが違うんですよ。一般人と一緒にされちゃ困りますね」

ああ、本当に部屋、どうにかしなくちゃ。私は深いため息をつく。

「でもいいね、誰かと暮らすのは。生活が華やぐよ」

「ああ……」

所長は十年前に奥さんに先立たれて以降、独り身なのだ。

ルックスは悪くないのに長年独り身を貫いているくらいだから、きっと亡くなられた奥さんのことが大好きだったんだろうな。

誰かと暮らすのは生活が華やぐか……。

私が物思いに耽《ふけ》っている間に、所長は取り出し口からコーヒーを手に取り、ズズっと口に含んだ。

「あつっ！」

「……毎日同じの飲んでるんだから気をつけましょうよ」

「猫舌なのたまに忘れちゃうんだよな。……おっと、そろそろリモート会議の準備しないと」

所長は慌ててデスクに戻り、書類を漁《あさ》り始《はじ》めた。

私もPCに向かい合い、メールのチェックを始める。

来週からの私の生活、一体どうなっちゃうんだろう。

2　ついに彼女がやって来た。～二人の手作り金柑ソース～

「はあ、あと五分か……」

もうすぐあの子が来るのかと思うと、気持ちが落ち着かない。

私はそわそわしながら田無駅《たなしえき》の改札前で彼女を待っている。

時々、もう何度も見返した父からのメールを開いて確認する。

――三月二十六日の午後二時、田無駅の改札を出たところで待ち合わせ。

「どんな子かなー」

色んなパターンを予想する。日本に留学に来るぐらいだから、勉強熱心なんだろうな。色白で眼鏡をかけてるガリ勉タイプかも。いや、いまどきの子は勉強ができる上おしゃれだったりするんじゃなかろうか。……私今日の服適当なもん着てきちゃったけど、はたしてこれで平気だった？

そういえば日本語、どのくらい話せるんだろう。意思の疎通はうまくいくかな。一応三日前に中国語の本買ってみたけど、私まだニーハオぐらいしか言えないよ。

部屋、一応できる限り片づけておいたけど、あれで大丈夫だったかな。

彼女が暮らすことになる部屋からは綺麗《きれい》さっぱり私物をどかし、掃除機をかけた後念入りに除菌シートで拭いておいた。そして父がネットで注文した簡易ベッドと布団が昨日届いたから、それだけを置いてある。絨毯《じゅうたん》とか戸棚とか机とかなにもないけどいいのだろうか。まあ、長く住むわけじゃないしな。大体そういうのは、自分で気に入ったのを後から買うほうがいいだろうし……。

そうして物思いに耽っていると、突然声をかけられた。

「すみません。もしかして、松沢《まつざわ》さんですか？」

「えっ」

振り向くとそこには巨大なスーツケースを転がし、ひっくり返りそうなほど重たげな登山用リュックサックを背負った女の子が立っていた。

背は小さくて、黒髪ぱっつんのロングヘアで、くりっとした瞳とあどけない表情。中学生くらいに見えなくもない。ふんわりした可愛《かわい》らしいワンピースを着ている。

「あの、もしかして楊食品《ヤンしょくひん》さんの……」

「はい、私は楊春美《ヤンチュンメイ》と言います。今日からお世話になります！」

「ああ……。松沢夕夏《ゆうか》です。よろしく……えっと」

その女の子の意志の強そうな目でじーっと見つめられていると、なんだか緊張感が倍増してしまい、私はあたふたしながら言った。

「そ、そのスーツケース、持つね」

「いいんですか？　ありがとうございます。松沢さんは優しいですねー」

そう言って彼女はニコッと笑った。

なんだか、人から直球で褒められたのも屈託のない笑顔を向けられたのも久しぶりのことすぎて、頭が追いつかない。

「……じゃあ、さっそくうちに行こっか」

「お願いします」

――ゴロゴロゴロゴロゴロゴロ。

スーツケースを押しながらエレベーターのほうへ向かう。

ああ、一足歩くごとにギクシャクギクシャクと音を立てているような気分。

こんなんで私、これからこの子とうまくやっていけるのだろうか。

だがとりあえず、日本語はとてもお上手だ……。言葉が通じないのでは、という不安はなくなった。

エレベーターで田無駅の北口に降り立つ。広々としたロータリーと大きめの商業施設、飲食店にコンビニにフラワーショップ。西武新宿線《せいぶしんじゅくせん》沿線の街の中では、ここ田無はちょっと開けている。

「へえ、これが田無なんですね。很好《ヘンハオ》！」

「色んなお店が揃《そろ》ってるから、一応買い物には困らないよ。特別オシャレな街とかではないけどさ」

「後で散策するのが楽しみです」

嬉しげにあたりをきょろきょろ見渡す楊さんを引き連れ、マンションへと歩き始める。

「えーと……今日日本に到着したばかりなの？」

「いえ、昨日の朝日本に到着して、ホテルに一泊したんですよ。ちょっと行きたい所があったので」

「そうだったんだ。ちなみにどこに？」

「アイドルのライブです。私、日本のアイドルが大好きで」

「へえー。日本のアイドルが。なんていう人？」

「桃山《ももやま》ピチ子《こ》っていうアイドルです」

「桃山ピチ子……。ごめん、知らないみたい」

「真的嗎《ジェンダマ》!? でも桃山ピチ子はまだ売り出し中のアイドルだから、知らないのも仕方ないです……」

楊さんは少しだけ残念そうにした。

「ごめんごめん……。だけどそういうのって、どうやって知るの？」

「台湾《たいわん》でも日本のテレビが見られるんですよ。バラエティ番組で偶然知ってから好きになって。それから日本語を勉強するようになりました」

「そうなんだ。すごく日本語上手だよね」

「好きなもののことをもっと知りたいって思うと、勉強も頑張れますからね～」

そう言うと、楊さんはへへへと笑った。

そうしてぽつぽつ会話しながら歩いていたら、長いはずの徒歩二十分の距離もあっという間で、気づけばマンションに到着していた。

「へーここが今日から住む場所かあ」

楊さんは建物を見上げ、晴れ晴れとした笑顔を浮かべている。

その横顔を見つめながら、考える。彼女はすごく純粋でやる気に満ち溢《あふ》れていて、真面目な子だ。料理が得意ということはきっとマメなたちなのだろうし、将来海外に自分の店を持とうとするような気概もある。

そんな眩《まぶ》しい彼女と、だらけた生活を送ってきた私と。うまく暮らしていけるだろうか。

一体今日から、どんな生活が始まるんだろう。

「大きくて立派なおうちですね」

「……そう？」

築三十年、鉄筋コンクリート造りで三階建ての、エレベーターもないマンション。でも確かに、ガラス張りのエントランスはいつも綺麗になってるし、外観から古さは感じにくいかもしれない。

まあとりあえず建物だけでも気に入ってもらえたならよかったか。

そろそろと、私たちはマンションの中に入り、三階にある私の部屋へと向かった。

「わあ！　ちゃんと私のお部屋がある！」

がらんとした六畳間に簡易ベッドが一つポツンと置いてあるだけの部屋だけれど、楊さんは嬉《うれ》しそうにしてくれた。

「よかった、喜んでくれて」

思わずそう言うと、楊さんは目を見開きながら言った。

「日本に私のお部屋があって、今日から暮らせるなんて夢みたいです！」

「そっかそっか。きっと色々必要なもの出てくると思うから、後で一緒に買いにいこ」

「ありがとうございます」

「だけど、長旅で疲れたでしょ？　とりあえず荷物をおろして、あっちでお茶でも……」

「あ、じゃあ準備するので、待っててください！」

「うん……？」

彼女はリュックをおろし、私から受け取ったスーツケースを広げ始めた。

おやおや、さっそく荷物の整理かな？　その前に少し休んだらいいのに……。

とは思ったけれど、なにかやりたいことがあるのかもしれないから、言われたとおり待っておくことにする。

「じゃあ、あっちの部屋にいるからね」

「はーい」

私はリビングのソファーに寝転びながら、とりあえずテレビを見始めた。

しばらくして、ようやく楊さんは部屋から出て来た。

しかし出て来たかと思ったらさっそく、キッチンの中へと向かう。

「あの……どうかした？」

起き上がって様子を見に行く。すると彼女は手に持ったビニール袋から様々なスパイスやらお茶やらをキッチンに並べ始めた。

「こんなに持ってきたの？」

「はい！　台湾じゃないと買えないものもあるので」

「そっか、お料理担当してくれるんだもんね」

「松沢さんに食べさせたいもの、たくさんありますから！」

「それは……どうも」

やけに瞳をキラキラさせながら、楊さんは私の顔をのぞきこむ。

そして意味ありげに微笑《ほほえ》んでから、彼女はもう一度自分の部屋へと戻り、今度は鍋やら茶器やらをキッチンに運びだした。

「あの。そういうのはちょっと休んでからにしたら？」

「大丈夫です。それよりぜひ松沢さんに飲んでほしいお茶があるんですよ！」

「でも……」

「えーと、お湯を沸かしたいんですけど」

楊さんはそう言いながら、きょろきょろとあたりを見回す。

「ああ。電気ケトルだったらここに」

「あー、ここでしたか！　もうちょっと時間かかるので、あっちで待っててください」

楊さんは人差し指でツンツン、とソファーを指さす。

「わ、わかったー」

まあ、彼女は若いから疲れとか感じないのかもしれないな。と思い直し、私はソファーで気長に待つことにした。

そして待つこと数分。彼女はソファーの前のローテーブルに平べったい木箱のようなものを置き、その上に小さな茶器らしきものたちを並べ始めた。木箱の表面には格子状に隙間が空いている。

「これは？」

「茶盤《チャパン》というものです。お湯をさっと捨てられて便利なんですよ」

「へえ……。これ結構大きいよね。こんなものまで持ってきてたの」

そりゃあ荷物が多いわけだ。

「はい。ぜひ松沢さんに、台湾のお茶を楽しんでもらいたいと思って！」

「それは……どうも……」

「それでは、お茶を淹《い》れますね。今日はこちらのお茶にしようかと思ってます。茶荷《チャフェア》をご覧ください」

そう言って楊さんは、小皿をつまんだような変わった形のお皿にのせた茶葉を見せてくれた。茶葉は一つ一つが球状に丸まっている。

「これは、なんていうお茶？」

「金萱《ジンシュエン》という品種の台湾の烏龍茶《ウーロンチャ》です」

楊さんは茶色いミニチュアの急須みたいなものに湯を注ぎ、その湯を他の茶器に次々にうつし入れてから捨てた。そして茶葉を入れたと思ったら、また湯を注いですぐ捨てる。

その動作は手早くて、こうしてお茶を淹れることに慣れている様子なのがうかがえる。

「あの、結構謎な動作だったんだけど……。そんなにお湯を捨てるんだ」

「はい。今のは、茶壺《チャフー》などのお茶の道具を温めたり、茶葉を開かせる準備をするためにお湯をかけていたんです」

「茶壺ってそのちっちゃい急須のこと？」

「ええ、そうですよ」

私は茶壺を見つめた。手のひらの中に全部が収まりきるくらいの大きさしかない。

「なんでそんなに小さいの？　それじゃ、ちょっとしか飲めないよね」

「台湾のお茶は、少ない量のお茶を何煎も出すという飲み方なんです。ポットで紅茶を飲む場合なら基本的には一度だけ淹れたら終わりですよね。でも台湾のお茶は五煎とか、多ければ十煎くらいまで飲めるお茶もあります」

「へえー。そう考えれば、合計すると結構な量のお茶が飲めるってことか」

「そうなんですよ。それに一煎二煎と、段々味も変わっていくのでそれもまた楽しいんです。茶葉が開いてきてからのほうが味がよく出るので、一煎目より三煎目くらいのほうが味わい深いことも多いですよ」

「へえー」

楊さんは話しながらもまた茶壺に湯を注いで蓋をし、蓋をした上からまた湯をかけた。

それから小皿にお茶請けをのせて差し出してくれた。ドライマンゴーと金柑《きんかん》の砂糖漬けだ。

そしてしばらく経《た》つと、今度は茶壺からピッチャーのようなものにお茶を流し入れた。

「それは……？」

「茶海《チャハイ》といいます。茶壺で淹れたお茶を一度この茶海にうつしてから、茶杯《チャベイ》に注ぎます。そうするとお茶の味が均一になるので」

「なるほど」

「今日は松沢さんに香りも楽しんでほしいので、これも使います」

そう言うと彼女はやけに細長い筒状の茶杯にお茶を注いだ。

「それは？」

「聞香杯《ウェンシャンベイ》です」

彼女はその聞香杯の中にお茶を注ぎ入れる。そして聞香杯の上に茶杯を帽子みたいにかぶせると、指で押さえながらくるっと百八十度回転させた。するとお茶が聞香杯から茶杯へとうつった。

「わーすごい。ちょっとだけ手品みたい」

「この聞香杯の匂い、確かめてください」

そう言って楊さんは空になった聞香杯を私に差し出す。

「え、お茶もう入ってないのに、これの匂いを嗅ぐの？」

「そうです」

「わかった……」

からっぽの聞香杯に鼻を近づける。すると甘いミルクのような香りがふわっと広がった。

「めっちゃ香りする！」

「でしょう？　聞香杯の中で蒸発したお茶の香りがこもって、より香りを感じやすくなるんですよー」

「へえーそうなんだ。いや〜ほんと、いい香り。なんか……バニラアイスみたいな匂いがするんだけど、私の嗅覚間違ってる？」

「いえ、間違ってないです。金萱の特徴が、その独特な乳のような香りなんです。ぜひ飲んでみてください」

「じゃあ、いただきます」

淡い黄金色の水色のお茶が注がれた小さな茶杯に唇を近づける。お茶を口に含むと、先程のミルクのような香りがふわっと広がり、爽やかな味わいとほのかな甘みが口に広がる。

「こんなにおいしいお茶、人生で初めて飲んだ」

「わー、嬉しい！」

楊さんは両手を合わせて喜んでいる。

「ところで、これってミルクみたいな香りをつけたお茶なの？」

「いいえ。茶葉そのものの香りが乳のような甘い香りなんです」

「そんなことってありえるの!?」

「はい。お茶には三百種類以上の香気成分が含まれていて、そのバランスによって香りが変わるんです」

「三百種類も……」

「台湾には品種改良された良い香《い》りのお茶が色々あるんです。でも品種だけが香りや味を決めるのではなくて、おいしいお茶が生まれるためにはとても高い技術が必要なんです。茶木の樹齢や生産地の標高、茶園の管理、茶摘みの時期や発酵具合、焙煎《ばいせん》……。色んな条件の違いで、お茶の香りや味は大きく変わりますから」

「すごいね」

「はい、台湾のお茶はすごいんですよ！」

誇らしげに、彼女は笑った。

お茶請けをつまみながら、楊さんとゆっくり台湾茶を楽しむ。

「この金柑《きんかん》の砂糖漬けもおいしいね。外の皮がパリッとして、中がトロトロしてて。そういえば私、金柑を食べるのなんて、子供の頃におばあちゃんちで食べたとき以来かも」

「松沢さんのおばあちゃんのおうちには、金柑の木があるんですか？」

手にした金柑を見つめながら、楊さんがたずねる。

「そうなの。お正月休みにおばあちゃんちに行くと、金柑の木に実が生《な》ってててね。おばあちゃんが『好きなだけ取って食べていいよ』って」

「優しいおばあちゃんですね」

しみじみとそう言ってから、楊さんはぱくっと金柑を頬張った。

「まあね。でも金柑って甘酸っぱくておいしいけど、ちょっと苦くて舌が痺《しび》れるんだよね。子供の頃はそれが苦手だったけど、今は大人になったせいか、そこがまたクセになるって感じだなぁ」

「あー、そしたら松沢さんに、金柑ソースのお料理、食べてみてほしいですねぇ」

「金柑ソース？」

「はい。金柑と赤唐辛子を蒸したものをペースト状にして、酒・塩・砂糖・レモン汁を加えて煮たものです」

「へえ、金柑と赤唐辛子と砂糖と……」

甘酸っぱくてピリ辛なソースの味を想像し、思わずごくりと喉が鳴る。

「それを茹《ゆ》でた鶏肉《とりにく》や豚バラ肉につけて食べるとおいしいんですよ」

「はいはいはいはいそれ絶対おいしいやつ」

思わずそう口走った私を見て、楊さんはおかしげに笑う。

「松沢さん、急にテンションあがりましたね。んー、でも金柑ソースは持ってこなかったんですよ。そしたら、作っちゃいますか！」

楊さんがひらめいた、という風に顔をあげ、瞳をキラキラさせている。

「作れるもんなの？」

「はい。昔何度か作ったことがあるので、できると思います。ただ、ソースは作ってから味をなじませないとなので、二日くらいかかるんですが」

「それはいいけど、やっぱり手間なんじゃない？　ソースから作るなんて」

「いえいえ。松沢さんに食べてほしくなっちゃったので絶対作ります！」

「それは、どうも……」

どうしてこの子は、私の食べたいものを作るってことに対して、そんなにやる気を出せるのだろう。不思議だ。

「ではお茶を飲み終わったら、さっそく買い出しに行きましょう。なるべくお肉とか野菜とか果物、色んな種類が揃《そろ》ってるところがいいですね」

「そしたら駅前のショッピングモールがいいかなぁ。地下にお肉屋さんとか八百屋さんとか輸入食品の店とか、専門店が集まってるし安いんだよね」

「ではそこに案内してください！　わー、日本で食材買うの、楽しみです！」

そう言うと彼女はお茶をぐいっと飲み干し、またバタバタと自分の部屋に戻ってなにやら準備を始めた。

慌ただしい……そしてパワフルな子だなあ。

またひと口、お茶をすする。

うーん、この金萱っていう烏龍茶、おいしい。

両手に大荷物を持って帰宅すると、私はドタドタと冷蔵庫の前まで走り、ビニール袋を置いた。

「重かったー！」

「松沢さん重いほう持ってくれましたもんね。お疲れさまです」

「いえいえ、楊さんこそ引っ越してきたばかりなのに買い出しまでして、疲れちゃったでしょ？　今日はお惣菜《そうざい》や外食で済ませてもよかったのに」

「私、今日は絶対に松沢さんに手料理を振る舞いたかったんです！　それをずっと楽しみにしてたんですから！」

やけに力強くそう言われ、私の頭にはクエスチョンマークが浮かぶ。

な、なぜ、そんなにも……？

「さあさあ、松沢さんはあっちのソファーで座っててください」

そう言いながら楊さんは長い髪を高い位置で一つに結び始める。

「いいって。なにか手伝うよ……」

「んー、では後で金柑ソースを作るとき、手伝ってほしいですね。今はちゃちゃっと、私が作っちゃいますよ。松沢さん、今日は貴重なお休みの日なんですから、ゆっくりしててください」

やけにニコニコしながらそう言われ、流されるままにソファーに移動する。そして特に見たい番組があるわけでもないけれど、気まずくならないようテレビをつけた。

キッチンの中で、楊さんが手際よく料理をしている。この部屋の住人である私よりも、既にキッチンを使いこなしているみたい。

トントントントントントン。ジャーッ。チッチッチッチッチ。グツグツグツグツ……。

一応買い物に付き合っていたから彼女が買い物かごに入れたものは見ていたのだけれど、あまりにもたくさんの食材を買っていたから、今日の夕ごはんに一体なにが出るのか全く予想がつかない。

来日したばかりなのに、初日からそんなに頑張らなくてもいいのになあ。なんて思いつつテレビを見ていると、段々自分が「お父さん」になったような気分になってきた。初めて娘が作ってくれる手料理が楽しみです。みたいな……。なんかそんな気分になってきた。

人に料理を作ってもらうのって、ちょっとそわそわする。

そうして小一時間も経った頃、楊さんがキッチンカウンターからひょこっと顔を出した。

「夕ごはん、できましたよー」

「ありがとう。料理運ぶの手伝うよ」

カウンターに次々に置かれる皿を、ダイニングテーブルに並べていく。

「うわあ、こんなに作ってくれたの？」

「はい！　初日だから気合入っちゃいました！」

テーブルの眺めは壮観だ。この一人暮らし用にしては無駄に大きなダイニングテーブルの上に、こんなに彩り豊かな手料理が並んだことは未《いま》だかつて、ない。

「この、鶏肉の煮物みたいなやつ初めて見たかも。なんていう料理？」

大皿にこんもり盛られた照りのある飴色《あめいろ》の煮物を指さす。骨付きの鶏肉の他に、バジルと唐辛子も一緒に煮てあるみたいだ。

「それは三杯鶏《サンベイジー》という料理です。酒・醤油《しょうゆ》・ごま油・砂糖、それからにんにくとしょうがで味付けしてあります。甘じょっぱくてピリ辛で、バジルの風味も爽快で、コラーゲンたっぷりですよ」

「へえー。鶏肉が柔らかくてプルプルでおいしそう……。こっちのスープは？　なんか、白いお団子みたいなものが入ってるけど」

小さめのどんぶりに二人前わけて盛られたスープに目をやる。具は謎の丸いお団子と鮮やかな緑色のチンゲン菜。スープは透き通っている。

「花枝丸湯《ホワジーワンタン》です。白くて丸いのは、イカ団子ですよ」

「イカ団子？　い、イカがこんな丸っこいお団子になっちゃったの？」

「はい、なっちゃいます」

「そんな料理、難しくない？」

「イカと卵白と片栗粉《かたくりこ》とラードをミキサーにかけて、丸い形にして茹でるだけですよ。そんなには難しくないです」

「やー、すごいって」

他にも揚げナスに具入りラー油をかけたものと、たたきキュウリのピリ辛浅漬けの小皿料理が二品。

久々に野菜をたっぷり摂《と》れそうだ。早く食べたいなーと思いながら箸と取り皿を並べていく。

エプロンを外し、席に着こうとした楊さんがハッとしたように顔をあげた。

「……啊《ア》！　我忘了《ウォーワンラ》！」

楊さんは急いでキッチンに戻ると、冷蔵庫からなにかを持ってきた。

「これ。おみやげです」

そう言って差し出してくれたのは、キンキンに冷えた台湾ビールだった。

「えっ嬉《うれ》しい！　ありがとう！」

思わず目を輝かせたら、楊さんが言った。

「松沢さんは、お酒好きですからね！」

「……それを誰に聞いたので？」

「松沢さんの、お父さんです」

「そ、そう」

そりゃそうか。お父さん以外に言う人いないし。

まあ別にいいけどさー、私がお酒好きってことくらい言っても……。

なんて思っていたら、楊さんはさらに衝撃的なことを言った。

「それに、松沢さんは普段、ろくなもの食べてないですよね！」

「な、なんでそんなことを……！」

「松沢さんの、お父さんから聞きました」

「くっ……」

あいつ……私のことを一体どんな風に伝えやがった⁉

「だから私、とても楽しみにしてたんですよー」

「だから楽しみ……とは？」

「私って、そういう人を放っておけないたちなんですよねー」

私の気持ちも知らずに、楊さんはニコニコ嬉しそうに笑って言った。

「不健康な松沢さんに、栄養満点のおいしいお料理食べて健康になってもらいます！　私、自分のお料理で誰かを笑顔にするために生きてるので！」

「…………へえ？」

キラキラ輝く彼女の瞳の奥に、すぅっと一瞬、暗い影が通り抜けていった気がした。

誰かを笑顔にするために生きてる、か。

しかしまさか、私の面倒を見るのを楽しみにして来たなんてねぇ。相手は十八歳の女の子だってのに。


「いっただっきまーす！」

まずは気になっていた三杯鶏から。プリッとした手羽元にかぶりつく。

「うわうまっ……」

醤油ベースの甘辛い味付けにバジルの風味と唐辛子の辛み、さらにはにんにくとしょうがも効いているのだろう……。うまみが幾重にも重なって押し寄せてきて、食べるのを止《や》められない。こってりとしているのにバジルが爽やかで、癖になる味わい。そこに流し込む台湾ビール。

うーん。いくらでも食べられるし、いくらでもビールが進む。

次に、花枝丸湯。

イカ団子はツルンとしていて噛《か》むとふわふわで、かまぼこよりは食材の食感を残してある感じ。スープをひと口すると、優しいうまみが身体《からだ》に沁《し》み渡《わた》っていく。

「くあぁ！　最高か!?」

思わずそう叫んだ。

一体今まで私が食べていた食事はなんだったんだ？

いや、スーパーやコンビニのお弁当だっておいしいし、手軽にお世話になれてありがたいよ。

だけどこうしてハイパーおいしい手料理を振る舞われると、全然違うなって思う。

なんか食べ物が……生き生きとしている！

「松沢さん少し調子出てきましたね」

そう言って楊さんは笑った。

「へ？　調子が？」

たずねると、彼女はうなずいた。

「松沢さんずっと、私に気をつかってましたね。緊張してるの、伝わってきてました」

「そうだった？　ごめん！　私実は人見知りでさ」

「でも今は、緊張してないですね」

「まあ、こんなにおいしい料理食べてビール飲んだらそりゃそうなるよ」

「私はこういう、リラックスした空気が好きですね。松沢さん、これから私と一緒に暮らすのに、ずっと気をつかってたら疲れちゃいますから」

「まあ、確かにねえ」

「なので私から、提案なんですが」

「提案？　なになにー？」

キュウリの浅漬けをぽりぽり齧《かじ》りながらたずねる。はーこれおいしくて食べるの止まらないわ。ぽりぽりぽりぽりぽりぽり。

「私、松沢さんのことを『姐姐《ジェジェ》』って呼びたいのですが、いいですか？」

「ジエジエ？　なにそれどういう意味の言葉？」

「お姉ちゃん、っていう意味です」

「へーそうなんだー」

台湾ビールをぐびっと飲み、手の甲で口を拭う。うまみ成分のせいなのか、頭がぽわぽわする。そういえば昨日の夜、緊張してあまり眠れなかったんだった。そのせいでお酒のまわりも早くなってるのかも。

「いいよぉ。会社でもねえさんとかあねごとか言われてるし！」

「じゃあ、姐姐って呼びますね。そのほうが距離が近づくかなって思って」

そしてこの揚げナス。油を吸ったナスってどうしてこんなにおいしいんだろう。ラー油の中の具のサクサクした食感も楽しい。

「ああー、距離近づけたいんだったら、敬語もやめてみちゃうとか？」

「え、いいんですか？」

台湾ビールぐびぐび。

「うん。だってそのほうが話しやすいっしょ」

「じゃあ、そうします……そうする！」

「そうだそうだー！　そのいきだー！　なんて、あっはっは」

わー。おいしいもの食べてるから、めーっちゃくちゃ愉快なんですけど！

「あれでもそしたらさあ、私はなんて呼べばいいかなあ？」

ふと考える。「楊さん」じゃちょっと、よそよそしすぎるよなー。

「あのぉー、妹を呼ぶときの言葉はなんていう？」

「妹は『妹妹《メイメイ》』って言うよ」

「あじゃそれにしよっと。妹妹！　あは、なんか可愛《かわい》いじゃん妹妹！」

「もう……姐姐なんだか変な酔い方してない？」

「メイメ――――イ！　あはははははは！」

「真是的《ジェンシーダ》……。ちょっと氷水用意してくる！」

頬を赤らめながら妹妹は立ち上がった。

◇◇◇

もしも願いが叶《かな》うなら、世界中の「寂しい」を、きれいさっぱり消し去りたい。

そして悲しんでいる人も疲れきってしまった人も、みんな笑顔にしてあげたい。

なぜならそうしないと、私の気が済まないから。

なんてね。私は魔法使いでもヒーローでもないのだし、もちろんそんなことは不可能だってわかってる。だけどせめて、私の手が届く範囲の「寂しい」くらいは、片っ端からなくしてやりたい。みんなを笑顔にしたい。そのために私の特技を使って、できるかぎりのことをする。いつからかそれが、自分の生きる目的のようにさえなっていた。

私はそんな想《おも》いを胸に秘め、ここ日本へやって来た。私の崇拝する桃山ピチ子の御膝元であり、数々の死ぬほど笑えるバラエティ番組を生み出しつづける神秘の国、日本へと。

私は今までこの国の文化に、何度も笑顔をもらって、救われてきた。

そして今、私の目の前には酔っ払いのお姉さんが一人。テーブルにほっぺたをくっつけて寝息をたてている。

「姐姐、これ飲んで」

声をかけ、氷水の入ったグラスを右手に握らせる。

「うぅん……」

生返事をしながら彼女はフラフラと上体を起こし、喉を鳴らしながらグラスの水を飲み干した。

「ふいぃ……」

再び、彼女はテーブルに突っ伏す。

松沢夕夏さん、三十歳。婚活中で一人暮らしの独身女性。料理はちっともできなくて、お酒が大好き。ジャンクフードばかり食べて、食費がかさんで貯金もできていないらしい。

彼女の話を聞いたとき、ビビッと身体に電流が走った。

これだ！　と思った。

――絶対に彼女は、私を必要としている！

今日実際彼女に会ってみて、彼女がおおむね私の予想した通りの人間であることを実感した。

待ち合わせ場所に立っていた彼女はボーっとしてどこか不安げだった。服装はダボダボのパーカーとジーンズ。短い髪は良く言えばラフ、悪く言ったらボサボサで、まるで野良犬みたいな出《い》で立《た》ちだった。

人見知りで、年下の私に対しても、まるで初対面のうぶな男の子みたいにおどおどした調子。でも慣れてくれば気さくな人だ。

家が綺麗《きれい》に片づいていたのは少し意外だったけど、この家には物が足りていないからこんなにもこざっぱりしているのだとすぐに気づいた。冷蔵庫には最低限の調味料とビールくらいしかなかったし、食器棚にはほとんどお皿も入れられておらず、棚ががら空き状態。これでどうやって今まで暮らしてきたのかなあ、と不思議に思う。本当にお料理はしないみたいだ。

だけど彼女はとても優しい人なんだってことにも、私はすぐに気づいた。ことあるごとに私を気づかうし、私のやることも自然と受け入れて楽しんでくれる。その瞳と笑顔からは、彼女の純粋さも寛容さも、まるで透けて見えるようだった。だからより一層、この人に尽くしたい、との思いは強まるばかりだ。

安心してね、おねえさん。私が来たから、もう大丈夫！

「姐姐、そろそろ金柑《きんかん》ソース作らない？」

そう声をかけると、彼女はガバッと顔をあげた。

「つくるぅ」

そして立ち上がった。

「トイレ、いてくるぅ」

「いってらっしゃい」

薄暗い廊下へとヨロヨロ歩いていく彼女の背中に、私はひらひらと手を振る。

数分後。

続けざまに二杯の氷水を飲み干し、彼女はすっかり正気を取り戻した。

「ごめんごめん、結構寝てた？」

ペコペコ頭を下げてから、彼女は時計に目をやる。

「あ、でもまだ九時前か」

「うん。今なら金柑《きんかん》ソース作り、間に合うなあって思ったから声かけたの」

「そうだったんだ。ありがとー」

柔らかく、彼女が笑う。

ふわっと胸が温かくなる。

「それじゃあまず私が金柑のヘタを取って半分に切るから、姐姐はこうやって竹串を使って中の種を出してもらえる?」

「了解」

二人並んで、無心で作業を続ける。

ふいに姐姐が話し始めた。

「あー、なんか懐かしいなこういうの。そういえば子供の頃にさあ、母親がいんげんを茹《ゆ》でるとき、あんたも手伝いなさいよって呼ばれて、一緒に筋取りをしてたな」

「そっか」

母親と、そんな思い出が。

ほんの少し、ちくっと胸が痛む。

「ま、そういう食育の甲斐《かい》もなく、私は料理をしない大人になっちゃったけどさー」

なんにも知らない姐姐は、能天気な声でそう言った。

「これで金柑の処理は終わりね」

「できたかあー」

うーん、達成感。姐姐も大きく伸びをしている。

「そしたらこの金柑と赤唐辛子を蒸し器で蒸していくよ」

「はーい」

姐姐はまるで従順な子供のように返事をする。

東京で働く、三十歳のオフィスレディ。なんだよなあ。

中にはこんな人もいるんだな、と今さらのように姐姐の姿をじーっと眺める。

きりっとした顔立ちに、すらりとした長い手足。

中身さえ違ったら、とっても素敵な女性なのに……。

「えっ、なに？　もしかしてパーカーの毛玉見てる⁉」

姐姐は頬を赤らめながら服を手で覆い隠し始めた。

「違うってば」

思わず、苦笑した。

蒸している間にシンクを片づけておこうと食器を洗い始めたら、姐姐が横に並んだ。

「私が水で流すね」

「ありがとう」

ほらね、やっぱり優しい。

二人で並んで洗い物をする。

「姐姐って、婚活してるんでしょう？」

スポンジを握って泡を膨らましながらたずねると、姐姐はため息をついた。

「お父さんそんなことも言ったんだ……。まあ、そうだよ。でもうまくいってなくて」

「じゃあ、私がばっちりサポートしなくちゃね」

この人を立ち直らせることができるのは私しかいない！　との思いでそう告げたのに、彼女は酷《ひど》く顔を歪《ゆが》めて言った。

「ええ？　妹妹が？　無理っしょ」

「はあああ？　私を甘く見ないでほしいね！」

思わず脊髄反射的に、私は姐姐をキッと睨《にら》みつける。するとすぐに、彼女は「やっちまった」という顔をした。

「ごめんごめん。でも恋の達人には全然見えないから……」

それからまた私を見て「むふふ」とこみ上げるように笑いだし、しまいには肩を震わせ始めた。

わ、わ、私がちっちゃくて子供みたいだからって！

「私は、人を見る目はすごくあるんだからね！」

思わずそう叫んでしまった。自分が大声を出したことが恥ずかしくて、カーッと顔が熱くなっていく。たぶん今の私、耳まで真っ赤になってるんだろうな。嫌になっちゃう。

「はいはい」

姐姐は適当にうなずきながら、再びお皿の泡を流し始める。

「そっ、それにね、私は姐姐を健康にして、美肌と美ボディに導くことができるんだから！」

付け足すようにそう言って、フンと鼻を鳴らす。

「そこのところは大いに期待しとくね」

姐姐がそう言って私に微笑《ほほえ》みかけてくれた。

――大丈夫だよって、顔に書いてある。

その笑顔を見ただけで、私の気恥ずかしさもどこかに吹き飛んでいく。

この人にはそういう包容力がある。

自分のこともまともにできない人なくせに、変なの。

今の感じ……。

ちょっと、おばあちゃんに似てたかも。

「まあ姐姐、元からナイスバディだけどね。拍車をかけていくから」

気を取り直し、私はグラスをギュッギュとスポンジでこすり始める。

「ヤバいねそりゃー」

姐姐は顔をゆるませ、ゲヘヘへと笑った。

◇◇◇

洗い物を終えた私と妹妹は、再び金柑ソース作りに戻った。

蒸し上がった金柑と赤唐辛子をミキサーにかけ、ざるで濾《こ》す。そしてそこに塩・酒・レモン汁・砂糖・ざるで濾したときに残った金柑の皮半量を加えて鍋で煮る。

妹妹ってほんとに料理の手際がいい。

まるでプロの料理人みたいだ。

「これを瓶に入れて二日寝かせれば、できあがりだよ」

「二日後が待ち遠しいなー」

「そうだね」

ふわあ、と妹妹があくびをする。気づけばもう夜十時半だ。

「あ、私お風呂にお湯張ってくる。妹妹疲れたでしょ？　先に入って寝なよ」

「じゃあ、お言葉に甘えて……。着替え用意してくる」

急にガス欠になったみたいに、フラフラと妹妹は自室へ向かっていった。

頼りになる子とはいってもまだ十八歳だもんなー。ちゃんと見守っていってあげなくちゃ。一応私、日本でのお姉ちゃん代わりなんだしね。

「お電話ありがとうございます。ブライトドリンク西東京《にしとうきょう》営業所、松沢です」

朝から問い合わせの電話が鳴り響く。メールもなんだかいっぱい溜《た》まっているし、デスクの上には営業さんたちが置いていった契約書が山積み。

もうすぐ月末の締め日だから、期日に間に合わせるためたくさんの伝票や急ぎの書類が舞い込んできたり、締め日に間に合うかの確認の連絡が来たり。複数のことを同時に処理していかなくちゃならない。

元々忘れっぽいたちだから、ふせんのメモをしたり卓上カレンダーにごちゃごちゃ書き込んだりしてなんとか処理が滞らないようにする。

とそこに、メンテナンス担当のベテラン社員、米田《よねだ》係長がやって来た。米田係長は陽キャが多いこの営業所の中では物静かな人で、ニコリとも笑わず低い声でボソッと話す。最初はいわゆる職人気質《かたぎ》の頑固オヤジ……と思っていたけれど、次第に仕事に対して真面目で意外とナイーブな人なのだとわかり、今では全然怖くなくなった。

「松沢さん、忙しいとこ悪い。相談がある」

「どうしました？」

「実は嫁がやってる店が最近繁盛してるらしいんだ。で、今まで扶養だったんだけど、抜けなきゃいけねぇらしくて……」

話を聞きながらメモする。

「じゃあ、福利厚生課に問い合わせておきますね」

「急ぎじゃないから時間のあるとき、頼む」

そう言い残すと、米田係長は上着を羽織り小走りで出かけていった。メンテナンスの腕がいいのであちこちの機材トラブルの対応に引っ張りだこなのだ。

「ふー、誰もいなくなった」

静かな事務所内でカタカタとキーボードを打っていてふと気づく。そういえば今日、忙しくてまだラジオもつけてなかった。

ラジオのスイッチを入れる。

――続いては、交通情報です。

うんうん、いつも通り。なんだか少しホッとして、落ち着いた気持ちで仕事を再開する。

しばらくそうして作業していると、蓮見《はすみ》所長がやって来た。

「お疲れ！　どう、締め日の処理は順調？」

「なんとか間に合いそうです」

「そりゃよかった」

ふぅ、といつもより多めの荷物をデスクの横に降ろすと、所長は肩を回しながらコーヒーサーバーの前に立ち、マイルドブレンド・ブラックのボタンを押した。

「あれ、昨日高崎《たかさき》に出張だったんですよね？　泊まりって書いてあったから、今日はこちらには出社しないのかと思ってました」

「高崎での用事を朝一で終わらせて、その足ですぐこっちに戻ってきたよ。なんせ月末だからやること山積みで。あそうだ」

所長はデスクに戻ると大きなボストンバッグの中から白いビニール袋を取り出し、私に手渡した。

「えっ。なんですかこれ」

「高崎のおみやげ」

少し持ち上げてみる。わりとずっしり重たくて、赤い色がほんのり透けて見える。

「高崎……縁起だるま、とかですか？」

「開けてみればわかるんじゃない」

袋を開いてみると、中には小ぶりなトマトがたくさん入っていた。

「トマト？」

「フルーツトマトっていうんだって。試食させてもらったけど、味が濃くて甘いんだよ。トマトなら料理しない松沢さんでも食べられるでしょ、そのまま齧《かじ》ればいいから」

「馬鹿にしてます？　でも助かります、ありがとうございます」

「料理と言えば……。台湾の子ってもう来たんだっけ？」

言いながら所長はサーバーからコーヒーを取り出し、ふーっと息を吹きかけて冷まし始めた。

「来ましたよ、日曜日に」

フルーツトマトをバッグにしまいながら答える。

「どうだった？　気は合いそう？」

「なんか、最初は……真面目そうでしっかりした子だからズボラな私とうまくいくかなって一瞬思ったんですけど……。全然心配なかったです」

「そう」

「その子、私の面倒を見るのを楽しみにしていたらしいんですよ」

「……なにそれ⁇」

「実は父が私のことを、ジャンクフードばかり食べている大酒飲みで料理のできない不健康な婚活中の独身女だって、妹妹に言ったらしくて……」

「ふーん、だけど本当のことじゃない。っていうかその子の名前、メイメイちゃんって言うの？」

「いえ、名前は違うんですけど、お互いのことを『姐姐《ジェジェ》』『妹妹《メイメイ》』って呼び合うことに決めたんですよ。それぞれ『姉』『妹』って意味なんですけど。一緒に暮らすのに距離を縮めたほうがリラックスできて楽だねって話になって」

「へえー。それはいい案だね。人見知りの松沢さんが頑張ってるなあ」

「いや、その案を考えたのは妹妹なんですけどね」

「あ、そうなの？　だいぶしっかりしてるね、妹妹ちゃんは！」

「まあ、そうです……。向こうがリードしてくれるんで、私は流されるままにって感じで」

「それでどう、二人での生活は楽しい？」

「えーっと」

伝票を整理する手を止めて、少しここ二日間のことを振り返って考えてみる。

「なんていうか、最高ですね」

「あ、そうなの!?」

所長は驚いたように声をあげた。

「もう最高なんですよ。妹妹の料理が」

ふと、思い出す。昨日の夕ごはんは甘酸っぱいケチャップソースのたっぷりかかった牡蠣《かき》のオムレツと野菜たっぷりの焼きビーフンだった。あれはもう最高だった。牡蠣がぷりっぷりで、台湾ビールにもよく合って……。

「そう、そんなに最高だったんだ。いいなあ。よかったね松沢さん。はあ、俺もあったかくておいしい手料理が食べたいよ」

所長はがっくりと肩を落とした。

「ただいまー」

「姐姐おかえりぃ」

家に帰ると段ボール箱に囲まれながら妹妹が荷物の整理をしているところだった。色々な家具や生活用品をネットで注文したらしく、昨日から荷物が続々と届いている。

「荷物整理、はかどってる？」

「結構頑張ったよ。見てみて！」

「いいの？」

ひょいっと妹妹の部屋をのぞき込む。

「おお、色々増えてる……」

シンプルなテーブルと椅子、ミニチェスト……。までは至って普通なのだが、壁一面に妹妹が好きだというアイドル「桃山ピチ子」のポスターが所狭しと貼られている。

「すごく妹妹の部屋っぽくなった！」

清潔感があって真面目そうだけど、自分の好きなことには熱すぎるところとか。

「そうでしょう？　これでもう完璧ね。あとは大学の入学式を待つだけ」

「さっすがー」

自慢げに胸を張る妹妹に、拍手を送る。

「では……そろそろ夕ごはん作りましょーかねー」

段ボールを全部畳み終わった妹妹が立ち上がり、流しで手を洗う。

「今日の夕ごはんはなに？」

「からすみ炒飯《チャーハン》にしようかと思って。お父さんから送られてきた荷物の中に、台湾のからすみが入ってたの」

「おお、いいねえー。って言っても私、からすみって食べたことないかも。でも高級食材だよねえ。どんな味なんだろ」

「じゃあ、食べてからのお楽しみってことで。それと、例のアレがそろそろいい感じなの」

「例のアレ……。もしかして！」

「そう、金柑《きんかん》ソース！」

早く食べたいなーと思ってずっと待ち遠しかったんだよね。妹妹と作った金柑ソース。

「あ、そういえば今日ね、会社の人からおいしいトマトもらったの。そのまま食べてもいいし、なにか料理に使ってもいいし」

言いながら、フルーツトマトを持っていって妹妹に見せた。

「わあー！　おいしそう。ちょっとだけ味見に……」

妹妹はフルーツトマトをさっと流水で洗い、パクッと頬張った。

「うわっ！　なにこれ……本当にこれはトマト⁉」

「え、そんなにも？」

私も一個食べてみる。

「わー、めっちゃ味濃くて甘いね。所長いいもんくれたなあ」

「ショチョー？」

首をかしげる妹妹に説明する。

「私が仕事してる営業所の一番偉い人のこと。所長って言うの」

「なるほど、役職の名前かー。偉い人のくれたトマトすごくおいしい」

「ねー」

「このままで充分おいしいけど、せっかくだから台湾風の食べ方も試してみる？」

「へえ、なにか食べ方があるんだ。じゃあそれも楽しみにしとくよ。ちょっと着替えてくるねー」

自室へ向かい、さっそく楽な服に着替える。今日はジャージのズボンとロンTでいいか。

初日は妹妹もいるしと思って部屋着にも少し気をつかっていたのだが、日に日にどうでもよくなってきている。それからベッドにダイブしてスマホでSNSのチェックをしていると、程なくして妹妹から声がかかった。

「姐姐、そろそろ夕ごはんできるよー」

「あっ、もう？　早いねぇ」

よいしょ、と起き上がってダイニングへ向かう。最近ベッドから起き上がったりソファーから立ち上がるときに「よいしょ」ってついつい掛け声をかけてしまうようになったけど老化現象だろうか。

「飲み物どうする？　ビール？」

「うーん、たまには休肝日にしようかな……。なにか自分で用意して、適当にお茶か水でも飲むよ」

「だったら水出しのお茶を作ってあるからそれ飲む？」

「あ、じゃあそれいただく～」

妹妹はお茶を冷蔵庫から取り出し、グラスに注いでくれた。

「文山包種茶《ウェンシャンバオジョンチャ》っていうお茶なの。飲んでみて」

「ありがとう」

よく冷えた、透き通るような若草色のそのお茶を口に含む。すると蘭《らん》の花のような香りがすっと鼻から抜けていった。味わいは緑茶にも似ていてすっきり爽やかだ。

「おいしい……。なんだか一口飲むたび身体《からだ》が澄み渡っていくみたい。花みたいないい香りがしたけど、このお茶ってお花が入っているお茶なの？」

「ううん。でも姐姐、鋭いね」

「そ、そう？」

「元々の包種茶は、烏龍茶《ウーロンチャ》に花の香りづけをしたものだったの。ちなみに紙に包んで売られていたから包種茶って呼ばれるようになったんだけどね。でも今の台湾の包種茶は、花を使わなくても茶葉の花香を高めることで、花のような香りがするよう改良されたものなの」

「茶葉だけでこんな花みたいな香りが……」

前に飲ませてもらった金萱《ジンシュエン》というお茶にもびっくりしたけど、この文山包種茶にも驚かされる。

「ではまず、台湾風の冷やしトマトからどうぞ」

そう言って妹妹は、四分の一にカットしたフルーツトマトと、なにやらタレの入った小皿をテーブルに並べてくれた。

「このタレはどんな味？」

「これはお醬油《しょうゆ》と砂糖、すりおろしたしょうがを入れたタレだよ。甘草粉《かんぞうこ》を入れたりもするんだけど、とりあえず今ある材料でお手軽に作ってみたの。このタレにカットした冷やしトマトをつけて食べるんだ。台南《たいなん》の、番茄切盤《ファンチエチエパン》っていう料理」

「へえー。台南の料理も、妹妹はよく食べるの？」

「うん、私のおばあちゃんが元々台南出身の人だったからね。夏になるとよくこれを作ってくれてたの。おばあちゃんはもう亡くなっちゃったけど……思い出の味」

「そうだったんだね」

さっそくフルーツトマトを箸でつまみ、タレをつけて食べてみる。

うーん、今までに食べたことはないのに、妙に懐かしい味わいのする甘いタレ。しょうががスーッとして、冷たいトマトによく合う。醬油と砂糖としょうがなんて単純な組み合わせっぽいのに、異国情緒を感じる味がする。

「お待たせしましたー。からすみ炒飯でございますー」

店員さんのような口ぶりで、少しおどけながら妹妹が炒飯を持ってきた。一見普通のネギと卵の炒飯だけれど、深いオレンジ色のかけらも入っている。きっとこれがからすみだろう。

「ありがとう。私、先に食べてていいの？」

「もちろん！　最後の料理ももうすぐできるから、そしたら私も食べるよ。炒飯、熱いうちに食べて」

「じゃ、お言葉に甘えて……」

レンゲで炒飯をすくい、口に運ぶ。パラパラの炒飯の中に、からすみの塩気と濃厚な味わいが程よいアクセント。からすみ、初めて食べるけどチーズのようでもあり乾いた明太子《めんたいこ》のようでもあり……独特のうまみがあって、癖になる。

炒飯だけでもおいしいのに、からすみのうまみも手伝って、夢中で食べ進めてしまう。

とそこに妹妹が、真っ赤なラベルの貼られた瓶を手にやってきた。

「姐姐、この楊食品の辣椒油《ラージャオヨウ》もかけて食べてみて！　味が変わってまたおいしくなるよ！」

「あっ、それ。たまに今までの料理にもかかってた具入りのラー油！」

「そう。おいしかったでしょ。このラー油かけるだけで料理のアクセントになるよ。こんなに入って、ひと瓶たったの三百五十円ね」

「あんたは楊食品の回し者かい」

「そうだよ！　回し者だよ！」

「素直ね……」

とりあえず言われた通り、小さなスプーンで辣椒油をすくい、炒飯にかける。にんにくチップと唐辛子の入った、いかにも辛そうなラー油。

どれどれ、とひと口頬張る。

「ほぅ」

油の中ににんにくや唐辛子のうまみが溶け出し、まろやかな辛さと独特の風味を持つラー油。にんにくチップのザクザクとした食感も楽しい。その食感と風味がからすみ炒飯にもう一段の変化をもたらし、炒飯の印象がより台湾らしい異国情緒を感じさせるものになる。

「確かにラー油バージョンもいいね……」

そこから私は、炒飯をそのままでひと口、ラー油をかけてひと口、を繰り返しながら食べ進めていった。

うまい。うますぎる。あっという間に完食してしまいそう……。

とそこに、妹妹が大皿を持ってやってきた。

「大変おまたせいたしましたー。白切鶏《パイセイチー》です。こちらの金桔醬《ジンジュジャン》をつけてお召し上がりください」

「わあー！」

大皿には綺麗《きれい》にカットされた皮つきの茹《ゆ》で鶏《どり》が盛られ、レタスと薄くスライスしたキュウリが添えてある。しっとりと茹でられた鶏肉は見るからにおいしそう。そして小皿には妹妹と二人で作った艶《あで》やかな金柑ソース。

ごくり、と喉が鳴る。

「私も食べよっと！」

妹妹はエプロンをさっと外して椅子に座り、箸を手にした。

「ねえ、金柑ソースの味どうだか、食べてみてよ」

「う、うん」

妹妹にせかされ、すっと箸を伸ばす。茹で鶏を一切れ取り、金柑ソースをつけて口に運ぶ。

「ふわぁ……」

口に入れた途端に広がる金柑の香り。柑橘《かんきつ》独特の爽やかな甘酸っぱさの中で、唐辛子の辛さが効いている。酸味、辛味、塩味、甘味。想像以上に複雑な味わいだけれど、きちんと一つにまとまっているから不思議だ。その爽やかなソースをつけて茹で鶏を食す。ひと口嚙《か》むごとにプルプルした鶏の皮からうまみが湧き出し、しっとりとした肉の食感も楽しい。

「ここは天国か……」

「おいしかったみたいでよかった」

ニコッと微笑《ほほえ》む妹妹。まったく可愛《かわい》い顔して、恐ろしいことをしやがる。

こんなにおいしい料理を食べさせられたら、私……。

もはや今の生活が終わるのが、怖いよ。

それから約一週間後。妹妹の大学生活が始まった。

「じゃ、先に出るけど、頑張ってね」

「うん、ありがと。いってらっしゃーい」

桜の花が散る道を歩き出す。

妹妹、大丈夫かな？

きっと大丈夫だよね。しっかりもので明るくて、積極的な子だし。

むしろあっという間に交友関係が広がりそうなイメージだ。

妹妹との生活にも、結構慣れてきた。最初は気が重かったはずなのに、誰かと一緒に暮らすのも悪くないなあ、なんて思えてきている。

それは多分……というよりも百パーセント、あの子の人柄のおかげ。

それに、人とごはんを食べる生活って、あったかくていいなあ。

誰かとおいしさを共有したり、食卓で何気ないことを話したり。おはようって言ったりおやすみって言ったり、相手のことを心配したり……。

「やっぱ婚活、頑張らないとかー」

とりあえず婚活パーティーは向いてないから、別の婚活の方法を探ってみよう。

そんなことを考えながら、会社までの道を歩いていた。

だが、妹妹の新生活は私が想像したようにはいかなかったようだった。

大抵私のほうが遅い時間に帰宅するのだけれど、出迎えてくれる妹妹の表情が日に日に暗くなっていく。

入学式の日はキラキラの笑顔だった。今日こんなことがあったよ、学部にはこんな面白い人がいたよ、サークルの勧誘をされたよ、などと興奮気味に話してくれた。

だが翌日のオリエンテーリングの日には、少し顔を曇らせて帰宅し、多くを語らなかった。なにかあったのかな？　と思ったがあえて触れずにおいた。そして授業が始まってからは元気のない様子が続き、ついに今日。

「ただいまー」

いつもなら「おかえりー」と妹妹の返事が返ってくるはずなのだがその声もなく、玄関も廊下も真っ暗。

まだ帰ってないのかな？　めずらしい。

だが、妹妹の部屋の前の廊下を通り過ぎようとして、異変に気づく。

なんだろう……ほのかにお香のような香りが……。それもオシャレ系の香りではなく、まるで寺院にいるような気分になる、お線香に近い香り……。

「妹妹、いるの？」

返事はない。

「入っていい？」

ドアをノックする。すると部屋の中から小さく声がした。

「どうぞぉ」

異様な空気を感じ、ゆっくりとドアを開く。

すると薄暗い部屋の中でピンク色の間接照明だけをつけ、妹妹が棒状のお香からたゆたう白いけむりをじっと見つめていた。

「妹妹⁉」

思わず声をかけ、隣に座って妹妹の肩に手をかける。

「あの……どうかした？」

「空間を浄化してるんだ～」

「……浄化？」

「このお香。空間を浄化して、災厄を払ってくれる効果があるの」

「へ、へー。そうなんだ。台湾のお香？」

「そう。好きな香りだから持ってきたの」

「そっかそっかー」

気まずい沈黙が流れる。

静かになって気づいたが、小さな音量でお経のようなBGMが流れている。

「台湾に、帰りたい」

ぽつりとそう言って、妹妹は顔を手で覆った。

そっか、妹妹ホームシックになっちゃったんだ！

こんなになるまで助けてあげられなかったことに罪悪感と焦りを覚える。

悩んでるときって、その人が自分から話し始めるまではこちらから聞いたりしないほうがいいんじゃないかな、なんて思いこんでしまっていたのだ。

「あの、大学でなにかあった？　もし良ければ話してみない？　お姉さんが相談に乗るよ」

そう言うと、妹妹は顔を手で覆ったままコクリとうなずく。

「実は、学校でまだ、誰とも仲良くなれてない」

涙声で妹妹はそう言った。

「なるほどね。でも大学って高校までと違って、それぞれが選択した講義を受けるから同じクラスの人とずっと一緒に過ごすわけでもないし、仲良くなりにくいんじゃないかな。サークルにでも入れば、その中で友達とかできると思うけど」

「でも同じ商学部の人たち、みんな誰かと仲良くなってる」

「いや、きっとボッチの子だっていっぱいいると思うよー？　誰かが仲良くつるんでると、そう見えちゃうんだよ」

「私は、自己紹介のとき、失敗した」

「自己紹介？　オリエンテーリングのときにやったの？」

ここ最近のことを思い返す。やっぱりオリエンテーリングの日からだよなあ、妹妹の様子がおかしくなりはじめたのは。

妹妹は深いため息をついた。

「そう。オリエンテーリングでね、一人ずつ、名前や趣味や意気込みを話していったの。そこで私は、日本で台湾カフェを開きたいこととか、好きなアイドルのこと……桃山ピチ子のこと、熱く語った」

「なるほど」

「そうしたら、同じように飲食店を経営しようと考えている子やアイドルが好きな子と仲良くなれるかもと思ったから。でも私の自己紹介のとき、空気が固まってしまった。それにその後誰も私に声をかけてくれなかったし、みんなの視線、私との間に壁を感じているように見えた」

「うん……」

日本には空気を読むって文化があるからな……。

妹妹のパワフルな性格が出過ぎてしまったのかもしれない。

「講義始まってからも、違和感があった。私は最前列の真ん中の席に座ることが多いの。だってそこが一番いい席だと思うから。でも前のほうの席、あんまり人がいない。真ん中より後ろの席に座る人が多い」

「あー、そういうのあるかもね」

もちろん日本人でも積極的な人だったら一番前の席に座る人もいるだろう。でも大抵は自分がモブになれるような、無難で目立たない席を選ぶ。

「あと『なにか質問のある方はいますか？』って言われると、私は結構質問する。でもそうするとまた、他の子たちから浮いているような空気になる」

「うーん、質問するのはいいことだと思うけど……」

確かにそういうとき、挙手をして質問するのには私だったら結構勇気がいる。でもちゃんと質問できる妹妹は偉いと思うけどね。

「それに不思議なくらい、一体いつの間に？　って思うくらい早く、みんな仲のいいグループを作ってた。私は講義の合間に話すような友達もいない、食事にも誘われない。わからないことがあって話しかけても、相手が気をつかって答えてくれただけみたいに感じる」

「確かに女子って、いつの間にかパッと仲の良《い》いグループ作ってるよねえ」

結構一匹狼《いっぴきおおかみ》……という名のボッチだった経験多いので、わかります。

「人の空気、ちょっと台湾と違う。うわべは良くしてくれるけど、心開いてくれてないように感じる」

「わかるわかる」

「私、もう楽しいキャンパスライフ送れないかもしれない……」

そう言うと、妹妹は肩を震わせながら静かに泣いた。

悔しいなあ。

こんなにいい子はいないのに。この子は日本にあこがれて、楽しみにして来てくれたのに。

絶対に楽しい毎日を過ごしてほしいのに。

だけどなんとなく、その大学の同じ学部の子たちに悪気がないこともわかる。

みんなはただ今までの習慣通りに過ごして、お互いに話しやすいなと思う子たち同士で仲良くなってるだけ。なにも妹妹に嫌がらせをしているわけでもない。

女子同士の人間関係……。これは難しいぞ。

解決してあげたいのに、私にはどうすればいいのかわからない。

だけど妹妹のためだ、絶対になんとかしてあげたい。

「う————ん」

唸《うな》りながら、身体《からだ》をくねらせながら、考える。

「……姐姐？」

いつの間にか顔をあげた妹妹が私を見つめている。

とにかく私が助けてあげなくちゃ！　今妹妹が頼りにできる人って私しかいないんだし、

散々おいしい料理を食べさせてもらってきたんだからご恩返しもしないと!!

「ごめん、妹妹。私に時間をちょうだい。妹妹が楽しく大学に行けるようになるためにどうすればいいのか、私考えてみるよ」

「え……。ありがとう」

「今すぐ気の利いたことを言ってあげられなくて、本当にごめん」

「ううん。話を聞いてくれただけでも私は嬉《うれ》しかったから……」

う――――ん、一体どうすればいいのかなー。

なんとか考えを捻《ひね》り出《だ》そうと思って顔をくしゃくしゃにして考えたけど、なにもいい案は出てこなかった。

翌朝。会社に行ってからも、私は妹妹の悩みについて考えていた。

妹妹はなにも悪くないんだから妹妹の行動自体を変える必要はない気がする。でもそうすると妹妹が浮いてしまう……。

「松沢さん、暗い顔だけど、どうした？」

「へ？」

顔をあげるとそこには、メンテナンスの米田係長が立っていた。

「あっ、すいません考え事してて。扶養の書類ですよね？　福利厚生課から送られてきたので、これに記入してほしいんですけど……。わかりにくいので記入する場所に丸をつけてあります。ここと、ここと……」

パラパラと書類をめくりながら一通りの説明をする。

「わかった。家で嫁に確認しながら書いてくる」

「あとそうだ……。さっき修理依頼の電話が来てたんです。配送担当に連絡したら、自分じゃわからないって。コーヒーが薄くなって出て来ちゃうらしくて」

「どこの機械？」

電話があった会社の住所や機材番号、故障内容等が入力されているデータを印刷して手渡す。

「ここの機械、先週も同じ故障があったんですよね。そのときは配送担当が点検したんですけど」

「そうみたいだな。……てことはあの部品を取り寄せて交換しないと駄目か。とりあえず行って見てくる」

そう言うと米田係長は荷物を持って事務所を出ようとして……。ふいに立ち止まり、こちらに振り向いて言った。

「松沢さん、困りごとがあるときは、俺にわかることなら相談してもらえれば」

「ああっ……。でもそれはなんていうか、そういう感じのことじゃないんで、大丈夫です」

「なら所長にでも、相談したら」

「俺？　ん、なになに？」

パソコンに向かっていた蓮見所長が顔をあげ、私と米田係長の顔をきょろきょろと見比べる。

「じゃ、いってきます」

「いってらっしゃーい……」

米田係長が出て行ってしまうと、事務所は所長と私の二人だけになった。

「…………で？」

首をかしげながら、所長が私にたずねた。

「ということがあったわけなんです。私どうしても妹妹を元気づけてあげたくて。でも人見知りな上、特に人間関係が得意なわけでもない私が妹妹にアドバイスできることなんかなくて」

コーヒーを飲みながら、蓮見所長に昨日の話をする。本当は自分でなにかいい案を考えたかったけれど、私にはなにも思いつきそうにない。だから妹妹の状況を簡単に説明して、相談に乗ってもらうことにした。

「なるほどねえ。でもそういう悩みだったら、松沢さんにならいいアドバイスできそうじゃない？」

ブラックコーヒーを慎重にちびちび飲みながら、所長はそう言った。

「なんでですか？」

思わずたずねる。人間関係の相談に私が適任のわけがない。

「だってさ、松沢さんってこの営業所で一人だけ事務員っていう立場でしょ？　一人だけみんなと違う仕事してるし、クレームの電話受けて配送とかメンテナンスに対応をお願いしたりとかもあるじゃない。それにこの営業所、やんちゃな社員とか頑固オヤジとかいるけど、松沢さんはみんなとそれなりにうまくやっていってるように見えるけどね」

「まあ……そう言われてみれば」

入社したての頃は、そうでもなかった。仕事の伝言をしてもすんなり話を受け入れてもらえなかったり、相手の言動を高圧的に感じることもあった。

さっき私のことを心配してくれた米田係長だって、最初のうちは冷たかったのだ。「なにもわかってない若造が」って態度だった。それでも毎日挨拶をして、わからないことを色々質問して、コミュニケーションをとる中でお互いのことが段々見えてきて関係性が変わっていった。

言うべきことは伝えて、でも相手のことも思いやって、関係性を保つように努力してきた。

私は仕事だから必要があってそうした。学校と会社では違うかもしれないけど……人と関わるときに大事なことって、結局似ているのかもしれない。

「なるほど……。うんうん、なんとなくわかってきた気がします……！」

モヤモヤしていた頭の中が、すーっと整理されていく。

「そう。そりゃよかった。はー、じゃあ仕事すっか！」

所長は大きく伸びをして、またパソコンとにらめっこを始めた。


「ただいまー」

少し買い物をしていつもより遅めの時間に家に帰ると、キッチンからトントントンと音がする。妹妹はもう料理を始めているみたいだ。

「お、夕ごはんの支度中？」

キッチンに顔を出すと、セロリをみじん切りにしていた妹妹が手を止め、こちらに振り向いた。

「姐姐、昨日はごめんなさい。心配かけて」

「ううん全然！　むしろなにかあったときは、私でよければいつでも話してよ」

「ありがとう。あのね、話を聞いてもらえただけで、本当に嬉しかったの。姐姐がいてくれてよかったよ」

そう言って笑っては見せるものの、やっぱり今日も妹妹は元気がない。

「そんなの感謝されるほどのことじゃないって。それにお料理だって、妹妹が大変なときにはお休みしていいんだよ？」

「うん。でもね、こうして料理をしてると気持ちが落ち着くの」

「ならいいけどさー。今日はなにを作ってるの？」

「海鮮粥《かいせんがゆ》。冷凍のシーフードミックスを入れる、簡単なやつだけど」

「えー、でもめっちゃおいしそうだね」

「うん、きっとおいしいよ」

妹妹はうつむき、またセロリを刻み始める。

「ちょっと着替えてくるわ」

私は一旦自室へと向かった。

着替えるとまたキッチンへ向かう。すると妹妹はボーっと鍋を見つめて突っ立っていた。

「見入ってますな」

そう声をかけると、妹妹はちょっとだけ笑った。

「鶏《とり》がらスープとお米とシーフードミックスを入れて煮てるの。しばらくはこのまま待つだけ」

「あっちで少し話さない？　お姉さんがキャラメルラテ作ったげるから」

「姐姐、キャラメルラテなんて作れるの？」

「これですよこれ」

私はブカブカのパーカーのポケットから四角い箱を取り出して見せた。仕事帰りに買ってきたのだ、インスタントのキャラメルラテの素《もと》。

マグカップから、あまーいキャラメルの香りが漂う。

妹妹はマグカップに息を吹きかけ、一口飲むと言った。

「甘くて、おいしいね」

「ね」

ずずず。

ふぅ、身体があったまる。

「あのね妹妹、私考えてみたんだけどね」

「うん……」

「妹妹は、なにも間違ってないと思う！　真的嗎《ジェンダマ》？」

妹妹は驚いて顔をあげた。

「だけど私、きっと失敗したでしょう？　日本での人との関わり方と、ズレちゃってたでしょう？」

「そもそも日本人だって色んな人がいるし、普通なんてないよ。それにもしズレてたとして、それって悪いことなの？　妹妹ってなにか同じ学部の子たちに悪いことした？」

「して……ない」

妹妹がプルプルと首を振る。

「でしょ？　だから、妹妹は自分に自信持ってていいんだよ。そのままでいいんだよ」

「そうなのかなぁ」

まだ自信のなさそうな妹妹に、畳みかけるように言った。

「そうだよ。それに今はまだ妹妹と仲良くなってなくても、妹妹の積極的なところをいいなって思ってる人もいるんだと思うよ」

「そうなのかなぁ」

「そうだよ。だって実際、話聞いてて私がそう思ったんだから」

「え？　私が自己紹介でアイドルの話したこととか、授業を一番前の席で受けることとか？　いいなって思った？」

ほんの少し、妹妹の瞳に光が差した。

「うん。だってすごく妹妹らしいしさ。なんていうか、みんなで空気読みあってるよりも、そういう人がいたほうが面白いし、明るい気分になる」

「そっかあ、姐姐はそう思うんだ」

「うん。だから妹妹は変わらなくていいよ。で、みんなと仲良くなりたいって思ってるならそれもあきらめなくていいよ」

「どういう……こと？」

妹妹が首をかしげる。

「多分、妹妹は自分に自信なくなっちゃって、今暗くなっちゃってるじゃん。だからみんなにも自分から気軽に声かけられないでしょ？」

「その通り」

「でも自分に自信持って、仲良くなりたい子には声かけてさ。おはよーとか、授業の話をしたりとか、それくらいでいいから」

「うん」

妹妹はじっと私を見つめる。私の言葉の中から答えを見つけようとしている。

私は慎重に言葉を選びながら、話を続ける。

「それで相手のことも自分のことも尊重して、思いやりをもって関わっていったら、段々妹妹のことを相手もわかってくれて、相手のことも妹妹にはわかるようになってきて、その中には友達になれる子も、もしかしたらいるかもしれない」

「うん」

「本当は、もしも誰とも友達になれなくてもいいんだよ。その限られた学部の中で友達ができなくたって妹妹が駄目ってわけでもないし、大学には勉強しに行ってるんだから」

「うん」

「でも友達になりたいのになれないと思って悲しくなってるなら、まだあきらめなければいいよ」

「そう、本当にそうだね」

こくこく、とうなずきながら、徐々に妹妹の表情は明るくなっていく。

「自分に自信もって、やりたいこと、やってみる」

「うん、そうしよ！　せっかくずっと来たかった日本に来られたんだからさ」

「ありがと、姐姐。元気出た」

「それならよかった」

ほっと胸をなでおろす。

よかった。伝えたかったこと、ちゃんと伝わった。

妹妹に明るい表情が戻った。

やっぱり妹妹はこうでなくちゃ。

「私、妹妹の積極的なところとか、自分のやりたいことにまっすぐなところ、大好きだよ」

「なっ……」

妹妹が口を歪《ゆが》め、頰を紅《あか》く染める。

とそのとき、キッチンでお鍋がボコボコいい始めた。

「あっ、そろそろお鍋見てくる」

慌てて妹妹がキッチンに戻っていく。カウンター越しに、その様子をのぞき込む。

妹妹は鍋の中身をかき混ぜ、鍋の中に先程みじん切りにしたセロリを加える。

「もうすでに、いい香りがする〜」

「しばらく煮たら最後に塩と白胡椒《しろこしょう》で味を調えて、完成だよ」

「白胡椒って……黒胡椒とどう違うの？」

「同じ胡椒の実だけど、皮を剝がしてあるのが白胡椒。黒胡椒と比べて香りも辛さも穏やかで上品な感じがするの。香りが飛びやすいから、最後に使うよ」

「へえー」

妹妹は白胡椒と塩をさっと振りかけて軽く混ぜ、どんぶりにお粥《かゆ》を盛ると、ごま油を回しかけた。それから小口切りにした小ネギと千切りのしょうがをのせる。

「はい、おまちどおさま」

「わー、おいしそう！」

カウンターに置かれた海鮮粥をダイニングテーブルに移す。はあ、お粥から白い湯気が漂っているのって、なんだか見ているだけで幸せな気持ちになれる。

「ありがとう。じゃあさっそく、いただきまーす！」

レンゲでお粥をすくい、よくふーふーしてから、ぱくっとひと口。

「おいしぃ……。優しい味だけど、魚介のうまみが身体《からだ》に沁《し》みる……」

「ふむ、暗い気持ひで作ったわりにはおいひいかな」

たくさん頬張りすぎたのか、口元を押さえながら妹妹が言った。

こうしてあったかいお粥を食べていると、じんわりと心が満たされていく。

「あのね、昔は私が落ち込んで食欲ないとき、おばあちゃんがよくお粥を作ってくれてたんだ」

「そうだったんだ。だから今日はお粥にしたんだね」

「うん」

「そういえばさ、前にもおばあちゃんの思い出の料理だって話してたことあったよね」

「うん。私、おばあちゃんが大好きだったの。子供の頃、学校の送り迎えにいつもおばあちゃんが来てくれてたのね。それで嫌なことがあると、帰り道でおばあちゃんに話してた。それからおばあちゃんが元気を出しなって言って、おいしいごはんを作ってくれた」

「妹妹、おばあちゃん子だったんだね」

「うん。なんか、今の気持ち、そのときの気持ちに似てる……」

「そっか。私はおいしいごはんなんて作れないけどねー」

「でも姐姐、元気づけてくれた。姐姐おばあちゃん」

「姐姐おばあちゃん……」

姉なのか祖母なのか、どっちなんだい。

「ごちそうさまでしたー」

ふぅ、大満足！　と思っていたのだけれど、目の前の妹妹はどこか物足りなげな顔をしている。

「ん？　どうした、妹妹？」

「うーん」

なにやら悩み始めている。

「えっ、なになに……」

もしかして、さっきの話だけじゃ、悩みが解決してなかったとか⁉

焦る私に、妹妹は腕を組んで眉をひそめながら言った。

「いやあ、私このお粥を作るときは元気がなかったからお粥だけにしたんだけど、これじゃ足りないなあと思って。もうちょっとなにか食べようかなあ。あ、そうだ。紅茶でも飲もうかな。なにかいいお茶請け、あったっけー」

そう言うと、さっさと空になったどんぶりを片づけ、またキッチンへと向かってしまった。

なんだあ、食べるもののことで悩んでたのか。

それならもう、いつも通りの妹妹だな。

にしても今日のお粥……結構ボリューミーでしたけど？

◇◇◇

トポトポトポ。

熱々の湯を注ぐと、気持ちよさそうに茶葉がふくらんでいく。

やー、茶葉って、見ているだけで癒《いや》される。

「日月潭紅茶《リーユエタンホンチャ》でございます」

うやうやしく、姐姐に紅茶を注いだカップを差し出す。

「ありがとー」

紅茶の香りに顔をほころばせる彼女を見て、私も嬉《うれ》しくなる。

「バタークッキーもあるからね」

　そう言いながら袋を開き、ザザーッと器にクッキーを流し入れると「そんなに食べるんかい」と姐姐に突っ込まれてしまった。

　この日月潭紅茶という紅茶は、黒蜜やニッキを思わせる独特の香りが特徴的だ。水色は琥珀色《こはくいろ》で甘みとコクがありまろやかで、渋みは全く感じない。

「香りがすっごくいいね。私が今までの人生で飲んできた紅茶とは全然違う」

　姐姐にそう言われて、思わずテンションが高まる。

「いい香りでしょ？　この紅茶ね、二煎目からは茶葉が開いてきて、ハッカみたいな余韻が出てくるようになるよ」

「煎を重ねると味が変化するんだ。面白いね。二煎目が楽しみ」

　ふっふっふ。姐姐ったらすっかり茶沼に引きずり込まれつつあるのに気づいてないな。もうおいしいお茶なしには生きていけない身体になってるのよ。愉快愉快。

　愉快ついでに、得意になって雑学まで披露する。

「ちなみに日本人の新井耕吉郎《あらいこうきちろう》という人が日月潭でアッサム種の栽培を始めて、台湾紅茶の発展に大きく貢献したことから、台湾紅茶の父と呼ばれてるんだよ」

「へえー、そんな日本人がいたんだ。初めて知ったよ」

　ずず、と二人で紅茶をすする。

おいしくて、あったかい。

私ったらもうすっかり、姐姐と打ち解けた仲になってる。

そういえば台湾から日本に来るとき、姐姐を私が救ってあげよう！　なんて考えてたんだったっけ。

自分にはすごいことができるんだ！　って意気込んでこの国へ来て、しょっぱなからくじけて。

逆に姐姐に救われちゃったな、私。

さっきくれた姐姐の言葉は、冷えきってしまっていた私の心を温めてくれた。

これでまた、私らしく明日からの大学生活を送ることができそうだ。

「姐姐、ミルク入れる？　そのほうがクッキーに合うかも」

ミルクジャグを軽く持ち上げてみせたが、姐姐は首を振った。

「いや、私はクッキー食べないからこのままでいいや」

「そっか」

ザクザクとバタークッキーを食べ、ミルクティーをする。私って一体なんであんなに落ち込んでたんだろう。考え方が切り替わるだけでそう思ってしまうんだから、不思議なものだな。だけどその少しの切り替えができなければ、私はこの先の大学生活をずっと暗い気持ちで過ごさなきゃならなかったのだから、恐ろしい。

「いい食べっぷりだねぇ」

無心でクッキーを食べながら考え事なんかしちゃってたけど、気づけば姐姐がニヤニヤしながら私を見つめている。

なんだか恥ずかしくなって視線をそらそうと、咄嗟《とっさ》にリビングに飾ってあるギターを指さした。

「ねえ姐姐、あれ弾けるの？」

「え？　ああ、弾けるよ」

「へえー。すごいね。ああいうギターってやっぱり高いの？」

「まあ、あれは中古で買ったやつだから、そんなには。大学生の頃にバイト代貯《た》めて買ったんだよね。六〜七万くらいはしたんだったかなあ。フェンダーのテレキャスターっていうギターでさ、その当時あこがれてたギターだったから、何軒も中古のギターを置いてる店を巡って探し歩いて、やっと理想のを見つけて買ったんだよ」

「ふぅん」

その頃の姐姐って、どんな人だったのかな。

あのギター弾きながら、どんな風に歌ってたのかな。

「ねえ、なにか一曲、弾き語りしてよ」

「え？　まあ、いいけど……。でもね、これはエレキギターだから本当はアンプにつないで音を出すんだけど、マンションだと近所迷惑になるから、いつもはヘッドホンつけて弾いてるんだよね」

「そのまま弾いただけだと全然音しない？」

「小さいけど音はするよ」

「じゃあ、そのままの音だけでいいから。姐姐がギター弾いて歌ってるとこ見たい！」

「はいよー」

姐姐は立ち上がり、ギターの準備をし始めた。

私はクッキーをつまみながらその様子をボーっと眺める。

姐姐には、カッコ悪いとこ見せちゃったな。

部屋を暗くして落ち込んでる私見て、きっと引いちゃうだろなって思ってたのに、そんなことなかった。

顔をくしゃくしゃにして悩みながら、姐姐は一生懸命私のために考えてくれた。

そして私に大事なことを気づかせてくれた。

——ジャカジャーン。

「こほん。あ、あのじゃあ、学生時代によく弾いてた曲でも」

気まずそうにそう言って、二度くらい咳払《せきばら》いをしてから姐姐は弾き語りを始めた。

始めるまでは恥ずかしそうだったのに、歌い始めたらのびのびしてる。

気持ちよさそうに歌ってる。

だけどこの人ってそういう人だよな。

本当の自分を隠そうとしてるのに、全然隠せてない人。

大抵の人は、程よく隠してる。そのほうが大丈夫な人に見える。

だけど姐姐が大丈夫な人じゃないから、ありのままが見えちゃう人だから、きっと私は救われたんだ。姐姐の本当の気持ちが、姐姐から伝わってきたから。


——パチパチパチパチ。

弾き語りを終えた姐姐に拍手する。

「太棒了《タイバンラ》！　姐姐、とってもかっこよかった」

「それはどうも……。はー、懐かしい曲だったから、歌いながら物思いに耽《ふけ》っちゃった」

「なに、考えてたの？」

「んー、歌は変わらないけど世界は変わっていくなーとか、ここんとこは未来が灰色に見えてたけど、妹妹が来てからそんなこと思わなくなったなーとか」

「へっ⁉」

「さーて。そろそろお風呂洗ってくるかー」

かる〜く爆弾発言をキメた姐姐は照れながらギターを置き、そそくさとリビングを去っていった。

◇◇◇

翌日。会社から帰ると、妹妹が出迎えてくれた。

「おかえりなさい！　姐姐！」

「うわっびっくりした。ただいまー。どうしたの、玄関までお出迎えなんて」

「うん、鍵開ける音がしたから、ついつい……。姐姐に早く伝えたくて！」

「なにを？」

パンプスを脱ぎながらたずねる。妹妹の瞳はいつにも増して、キラキラ輝いている。

「今日ね、明るい気持ちで大学に行けた。それで商学部の子のグループが歩いてたからなにげなく挨拶したら、一緒に教室まで行こうって言われて」

「よかったじゃん」

「うん！　向こうも話したかったらしくて、台湾のこと聞かれたり、どの講義をとってるのか話したり……。なにげない話を、自然にできたの。今まで私、なにに怯《おび》えていたんだろうって感じで！」

「そっかそっか。向こうも妹妹と話す勇気を出せずにいただけなんだよ」

「うん、そうかもしれない。それにね、友達ができたの！」

「へえ、早いねえ」

昨日あんなに落ち込んでたのに、もう友達までできたのか。妹妹ははしゃぎながら話し続ける。

「その子ね、ものすっごく可愛《かわい》い子なの。桃山ピチ子と同じくらい可愛い。だから私、ひそかにあこがれてたんだ。それで今日ね、その子が食堂で一人でごはん食べてるの見かけたから、頑張って声かけたの。一緒にお昼食べてもいい？　って」

「うんうん」

「そしたら、もちろんいいよって。それから色んなこと話したけど、すごく気が合って。しかもその子……。慧《けい》ちゃんって言うんだけどね。慧ちゃん、大学で友達いなくて困ってたんだって。だからこれからは一緒に過ごそうって」

「めっちゃよかったじゃん」

「ほんとそう!!　もう明日からの私のキャンパスライフは天国よ！　ふんふふーん」

妹妹は鼻歌を歌い、踊りながらキッチンへと去って行った。

それからというもの、妹妹の大学生活は順調なようだ。

慧ちゃんがねぇ、慧ちゃんがねえ、と主に慧ちゃんの話ばかりだけれど、毎日楽しげに大学での出来事を聞かせてくれる。

夕食。茹《ゆ》でた豚バラ肉と金柑《きんかん》ソースを並べながら妹妹が言った。

「残念なことに、今日で金柑ソースもおしまいね」

「そっかあ……。おいしかったよねぇ。今日は味わって食べないと……」

「また作れたらいいけど、最近八百屋さんで金柑見かけなくなった。ちょっと前まではあったけど」

今はもう四月の終わり。ネットで調べたら金柑の旬はもう過ぎてしまったようだった。

「そしたら金柑ソースはまた来年……」

言いかけてふと気づく。

そういえば妹妹と一緒に暮らすのって、妹妹がいい物件を見つけるまでの間だけなんだった。

こうして暮らしていると、この日々がまるでずっと続くみたいに感じてしまっていた。

どうなんだろう。妹妹、物件探しとかしてるのかな？ あんまりそんな様子がないけど。

私からしたらずっといてもらってもいいんだけど……。妹妹はどう思ってるんだろ。

「あの、妹妹、物件探しってしてるの？」

「えっ……」

妹妹はショックを受けたような顔になる。

「ごめんなさい、してなかった。大学も始まってバタバタしてたから。そうだよね、早く物件探さないと」

「いや、あの……。私のほうはさ、妹妹とずっとこうやって一緒に暮らしていくのもいいかなあとか思っちゃってるんだけどねー。なあんて。でも妹妹はやっぱり、悠々自適な一人暮らしがしたいよねぇ？　せっかく親元を離れたんだし」

探り探りたずねると、妹妹は戸惑いながら答える。

「えっ……と。私は日本で暮らしたいだけで、一人暮らしにあこがれてたわけじゃなかったから。というより、ひとりぼっちで過ごすの、実はあんまり好きじゃないから……。だからこうやって姐姐と暮らせて助かってる……ょ」

「そうなんだ」

確かに、楽しく一人暮らししている妹妹の姿があまり思い浮かばない。妹妹って人に囲まれながらにぎやかに過ごすのが似合っている気がする。もし一人で暮らしたら、このままえみたいに暗くなっちゃわないか心配だ。

「じゃあどっちかっていうと、妹妹はこの家でずっと暮らしたい？」

「まあ私はそうだけど。姐姐は？」

「私もねえ、妹妹とこのまま一緒に暮らしていきたいなーと」

「おお？」

「おお？」

どうも同じ考えみたいだ。

「じゃあ私、物件探しは、しなくていいってことかな？」

「そうだね。とりあえず当面は一緒に暮らしていくってことで。一応、うちのお父さんにそう言っとくわ」

「私も、両親に連絡しとく。ありがとう姐姐」

「いえいえ、こちらこそ……」

「とりあえず、ごはん食べよう。あ、飲み物なんにする？」

「あー。じゃあお祝いに、ビールで」

「お祝い、ふふふ」

妹妹が嬉《うれ》しそうに笑った。

「じゃあ私もお祝いに、サイダーで」

私たちはこれからも続くこの生活に乾杯をして、今年最後の金柑ソースの味を楽しんだ。

3　可愛すぎるお友達。～八角香る魯肉飯～

朝目を覚ますと、妹妹《メイメイ》がキッチンで料理をしていた。

普段、妹妹が料理をするのは夕ごはんのときだけだ。朝ごはんは大抵、買い置きしてある食パンを、各自好きなようにして食べている。昼ごはんも各自で適当に。元々昼は簡単に済ませるたちな私は、その日の気分によってカップ麺を食べたりサラダチキンを食べたりしている。妹妹は学食のランチを楽しむことが多いみたいだ。

だが時たま、気が向くと朝食や昼食も妹妹が作るときがある。

「この音は……」

ベッドから起き上がり、耳をすませる。カラカラカラ、と油の跳ねる小気味よい音。

ということは今日の朝食はきっと……。

――鹹豆漿《シェントウジャン》だ！

鹹豆漿は干し海老《ほしえび》などが入った豆乳のスープだ。台湾《たいわん》では定番の朝食メニューらしい。

そしてこの鹹豆漿を朝食に出すとき、妹妹は必ず一緒に油條《ヨウティアオ》という細長い揚げパンも出してくれる。

このカラカラという音は、その油條を揚げている音なのだ。

「おはよ〜」

うきうきしながらダイニングに向かうと、油條を揚げながら妹妹が言った。

「ちょうどよかった姐姐《ジエジエ》。もうすぐ朝食できるよ」

「鹹豆漿作るの？」

「正解〜」

妹妹は揚げた油條を皿に盛ると、食器棚からスープボウルを二個取り出した。あのスープボウルはこの前買ったばかりのやつだ。ゴールデンウィーク、特に予定もなかった私と妹妹は陶器市に出かけ、色々な食器をみつくろってきた。

妹妹がうちに来てから約一カ月半。スカスカだった食器棚が今や食器で満たされている。妹妹が来るまでは決まったお皿とマグカップ以外、使う機会もないから持っていなかった。でも今は大小様々な器が増えたし、そうした食器たちが生き生きと食卓を飾っている。

妹妹は豆乳を鍋にかけて温めると、スープボウルに干し海老・ザーサイ・酢・醤油《しょうゆ》・ごま油を入れた。そして豆乳が沸騰する直前で火を止め、スープボウルに熱々の豆乳を高い位置から注ぎこむ。すると豆乳が酢と反応してふわふわの豆腐のようなものが湧き上がり、泡立ちながら白いスープが出来上がる。最後に小ネギをちらしてラー油を回しかければ鹹豆漿の完成だ。

「わー、私これ好きなんだよねえ。いただきまーす！」

表面パリパリ、中ふんわりの油條を手でちぎり、鹹豆漿に浸して食べる。

はあー、さっぱりとしたスープとお豆腐みたいなふわふわ。身体《からだ》に優しい味わいが、朝食にはもってこいだ。

「平日なのに朝ごはん作るのわりと珍しくない？」

たずねると、鹹豆漿をすってた妹妹が顔をあげて答える。

「慧《けい》ちゃんがね、油條を食べてみたいんだって。だから今日持って行ってあげようと思って」

「そっか。このまま？」

「ううん。シナモンシュガーをかけて、おやつ代わりにするつもり」

「へえ～」

揚げたての油條が山盛りに乗っかった金属製バットを見つめながら、たずねる。

「そのシナモンシュガーかけたやつって、少しもらっても大丈夫？　お昼ごはん代わりに持って行きたい」

「いいよ。じゃあ出かける時間までにタッパーに詰めといてあげる」

「ありがと」

楽しみだなあ。シナモンシュガーかけたら絶対おいしそう。それに会社のコーヒー合わせれば最高じゃない。

なんて想像したら自然とにやけてしまう。

「そういえば私ね、慧ちゃんにもっと色んな台湾料理を振る舞いたいと思ってて」

「うん。そりゃそうだよねえ。妹妹のおいしいごはん、その子にも食べてみてもらいたいよ。きっとびっくりするよ」

「それで……今度うちの夕ごはんに慧ちゃんを呼びたいんだけど、いい？」

「もちろんいいよ、いつでも連れてきなよ」

そう答えると妹妹は瞳を輝かせた。

「ありがとう！　じゃあ……明日呼んでもいい？」

「明日……」

部屋を見渡す。妹妹が来てからというもの、彼女がこまめに部屋を掃除してくれているので、いつ来客があっても大丈夫な程度には片づいている。

「うん、いいよ」

「やったー。なんの料理作ろっかなあ。今日のうちから仕込んでおかないと……」

妹妹は慧ちゃんおもてなしの作戦を練り始めた。

翌日。会社から帰ると玄関に見慣れない靴があった。ストラップ付きで厚底の、黒いエナメルパンプス。

お、慧ちゃんとやらが来てるな？

ちょっとドキドキしながら靴を脱ぎ、荷物を置いてからリビングへ向かう。

するとそこには、妹妹と談笑する女の子の後ろ姿があった。

パステルピンクのブラウスに、淡いグレーを基調としたチェック柄のワンピース。綺麗《きれい》にくるくる巻かれたツインテールが、彼女が笑うたび揺れている。

「姐姐おかえりー」

「ただいま」

「こちらがいつも話してる慧ちゃん！」

さっそく妹妹が嬉しそうに慧ちゃんを紹介してくれる。すると慧ちゃんとやらも、こちらに振り向いた。

――かっわ……。

言葉を失う。

私と同じ「人間」なのか？　と思うくらい可愛《かわい》い。アプリで加工した状態くらいに大きな瞳と長い睫毛《まつげ》、シュッと通った鼻筋、上品な薄い唇。

可愛いにも程があるやろ、と言いたくなるくらい完璧に可愛い。

「はじめましてー、篠崎慧《しのざきけい》です。ハルミにはいつもお世話んなってます」

そう言うと、ニコッと笑ってくれた。

意外とハスキーボイスでさばさばとした口調ではあるが、そこがまたギャップがあって魅力的……なのはいいんだけど。

「ハルミ？」

疑問に思ってたずねる。

「はい、楊春美《ヤンチュンメイ》なんで、ハルミ」

「ああ……言われてみればハルミだね」

「なんかねー、慧ちゃん『チュンメイ』だと言いにくいんだってー。だからハルミになった」

妹妹が嬉しそうに説明してくれる。妹妹は慧ちゃんにだったらどんな呼び方をされても嬉しいのだろう。

「じゃあ、私ごはん用意してくるね。もうできてるからあとは盛り付けるだけなの」

そう言って、妹妹はキッチンへと消えていく。

おいおい、初対面の超絶美少女といきなり二人きりかい。

気まずいなあと思いながらも、とりあえずソファーに腰を下ろす。

だが慧ちゃんのほうはそうした気まずさを感じないたちのようで、積極的に話しかけてくる。

「おねーさんは夕夏《ゆうか》さんって言うんすよね」

「そーだよ」

「おねーさんの話はいつもハルミから聞かされてるんで」

なんだって……。一体どんな話をしているのやら。思わず顔が歪《ゆが》む。

「心配しないでください。ハルミはいつも夕夏さんのことベタ褒めっすよ」

「私って、どこか褒めるようなとこあったっけ……」

これまでの妹妹の前での自分を思い返しても、褒める部分が見当たらない。毎日のように酒を飲んで、出された料理をうまいうまいと食べているだけな気がする。

「頼りになるおねーさんがいるから、日本でも元気に暮らせるんだって言ってました」

「そう、そりゃあよかった」

はしゃぎながら私の話をする妹妹の様子が、ぼんやりと頭に浮かぶ。

「にしても夕ごはん楽しみだなあ。僕、ハルミのちゃんとした料理を食べるのって初めてだから」

……ん？　僕？

ボクっ子かな？

今の若い子にもボクっ子っているんだなー。懐かしい。昔友達にいたなあ、女の子なんだけど自分のことボクって言う子。

「妹妹の料理はおいしいよー。食事って大事だよね。私、あの子が来るまでは全然食事に気を付けてなくて、簡単に食べられればなんでもいいと思ってたんだけどね。最近は夕ごはんの時間が一日で一番楽しみだし、栄養バランスが良くなったせいか、身体も疲れにくくなった気がするの」

「あー僕も食事は適当に買い食いしたり、めんどいと抜いちゃったりしちゃってて。それがハルミにバレて怒られたんですよー。ちゃんと食べなきゃ駄目だって。それで『うちに来な！　食べさせてやるから！』なんて言われちゃって」

「あはは、めっちゃたくましいじゃん妹妹」

「たくましいんですよねーあの子。この前も『慧ちゃんは本当に可愛いな！　どうやったらそういう顔になれる!?』って聞いてきて。そんな直球なこと言う子他にいないですよ」

「確かにそれは直球だねぇ」

ほんと可愛いもんなあこの子。いやー、私も習いたいくらいだわ。メイクの方法とか。

そんなことを話しているうち、妹妹が料理を持ってきてくれた。

「おまちどおさま！　今日の夕ごはんは魯肉飯《ルーローファン》と、花椒《ホアジャオ》を使ったセロリと人参《にんじん》の浅漬け、それから大根のスープでーす」

「ありがとう」

慧ちゃんと二人、料理を並べるのを手伝う。

わあ、おいしそうな魯肉飯。味付き卵も添えてある。

「いただきまーす」

さっそく魯肉飯をいただく。短冊状に切ってある豚バラ肉と白米をレンゲですくい、パクッと一口食べた瞬間、台湾旅行の記憶がよみがえる。

「そうそうこれこれ。この味！」

多分八角の香りだな。この匂いがすると、台湾だなあって感じがする。脂身たっぷりの甘じょっぱくてトロトロの豚肉が、八角の香りで爽やかにいただけてしまう。

「え、今すぐ台湾カフェ開いたほうがいいくらいおいしい」

口を手で押さえつつ慧ちゃんがそう言うと、妹妹は「太好了《タイハオラ》！」と言ってガッツポーズをした。

その様子を微笑《ほほえ》ましく思って眺めつつ、大根スープをすする。ほんのりしょうがの効いた塩味のスープ。あっさりしていて魯肉飯によく合う。

「うーん、ヤバいよハルミー」

慧ちゃんは細い身体に似合わずパクパク食べ進め、綺麗に完食してしまった。

食後。ソファーに移動し、妹妹の淹《い》れてくれた四季春《スーチーチュン》というお茶と楊食品《ヤンしょくひん》のパイナップルケーキでティータイムにすることにした。

「ねえ、このお茶もなんなん？　すごいんだけど」

もはや慧ちゃんは神妙な面持ちで首をかしげている。

確かにこの四季春というお茶はとてもおいしい。早春の花のような香りで渋みはなくすっきりとしており、ひと口飲むたび透明感のあるフレッシュな味わいが食道をつたって身体全体に広がっていくのを感じる。脂っこい魯肉飯を食べ終えたばかりだけれど、もう口の中が爽やかだ。

「今日のこれ、もしカフェだったら全部で二千円以上しそうだよ」

ポツリと慧ちゃんがつぶやく。

「すごい褒めるね。でもそう言ってもらえたら自信つくよ。ありがとう」

「いや、本当に……。っていうかー」

遠慮がちに慧ちゃんが言った。

「もし夕夏さんにとって迷惑じゃなければだけど……。お金払うからまた食べに来ていいかなあ？」

「私は全然迷惑じゃないよ。いつでも来ればー」

速攻でそう答え、ふぁーと伸びをしながらソファーにもたれかかった。

妹妹は私の様子を見て言う。

「姐姐の迷惑にならないなら私も……ていうかお金払わなくても食べに来ていいよ」

「いや、お金払わないと、僕が遠慮しちゃうわけよ。だから払わせてほしいわけ」

「そういうもの？」

妹妹がたずねるので、私はうなずいた。

「まあ確かにそういうもんじゃないの。友達の家だとは言っても、タダ飯にありつきに行ってるみたいになっちゃうから、頻繁には行きにくいよね」

「材料費とかだって、僕が食べる分多くかかっちゃうんだし、手間もかかってるわけだから」

「なるほどねぇ」

しばらく考えてから、妹妹は言った。

「じゃあ、私はまだまだ修業中の身なので……。一回の食事につき五百円で」

「ほんとに五百円でいいの？」

怪訝《けげん》な顔でたずねる慧ちゃんに妹妹がうなずいてみせる。

「二人分作るのと三人分作るの、そんなには変わらない。それに私は将来日本で台湾カフェを開きたいから、日本で色んな人に私のごはん食べてみてほしい。その感想を聞いて、日本人に合った味を研究したいから」

「なるほど。じゃあ五百円ね！　これで気兼ねなく来られるわー」

わーい、と言いながら慧ちゃんはあたりをキョロキョロ見渡し、テーブルの上にあったティッシュ箱を手に取った。

「これ、もうすぐ終わりそうだね」

「あ、ほんと？　確か買い置きしたのが廊下に……」

と私がまだ話しているうちに、慧ちゃんはティッシュを一枚取ってチーンと鼻をかみ、ポイっとゴミ箱に捨てた。するとティッシュ箱が空になった。

「ハルミー、ガムテープとマジックペン貸してぇ」

「えっと、どこだっけ……」

「ここにあるよ」

私は立ち上がり、文房具を入れてある引き出しからガムテープと黒いマッキーペンを取って慧ちゃんに渡した。すると慧ちゃんはビビビっとガムテを伸ばしてティッシュ箱にペタッと貼り、きゅきゅっとマジックペンでなにやら書き込んだ。

「えーっと『料金箱・一回五百円』っと。これでいいよね！」

そして持ってきたカバンからゴソゴソと財布を取り出し、五百円玉をティッシュ箱の中に入れた。

「はい、ごちそうさまでした」

「毎度ありぃ……」

慧ちゃんの一連の動作がスムーズすぎて、妹妹が口を出す隙もなかった。

「じゃあ、この箱はここに置かせてねー」

そう言うと、慧ちゃんは「料金箱」をキッチンとダイニングの間にあるカウンターにポスッとのせた。

それからしばらく、私たちはゆっくりお茶を飲みつつダラダラ過ごしていた。時計の針が夜九時半を回った頃、慧ちゃんが立ち上がった。

「僕、そろそろお皿洗うね。んでそれ終わったら帰るわ。夕夏さん明日も仕事だもんね」

「あ、もうこんな時間だったか。お皿洗いは妹妹と二人でするからいいよ」

「いやいや、また来たいんで。ここは洗わせてもらうっす」

そう言って腕まくりをする慧ちゃん。律儀な子だなあ。

「でも遅い時間になっちゃうでしょ？　大丈夫？　ここから家まで遠いの？」

たずねると、慧ちゃんは首を振る。

「ううん、花小金井《はなこがねい》だから電車で一駅。全然遠くないですよ」

それから結局、妹妹と慧ちゃんが二人でお皿を洗い、私はお風呂を掃除することになった。

皿洗いを終えた慧ちゃんはバッグを肩にかけ、スタスタと玄関へ向かう。

お見送りをしようと、私と妹妹もぞろぞろと玄関へついて行く。

靴を履き、慧ちゃんは立ち上がってぺこりと頭を下げた。

「じゃ、おじゃましました。ハルミ、ごちそーさま」

「うん、また明日ねー」

「この辺の道、街灯なくて結構暗いとこあるから気をつけてね。駅まで距離あるし……途中まで送っていこうか？」

思わず心配になってそう声をかけると、慧ちゃんはきょとんとした。

「送るって、なんでぇ？」

「え、だってこんな可愛《かわい》い女の子が夜道を一人で歩くなんて不安だなと思って……」

「ああ！」

慧ちゃんははっとした顔になる。

「夕夏さん、知らなかったんですね！　僕、一応これでも男の子なんで。それに子供の頃、空手習ってたし」

「……………え？」

びっくりして、思考も動きも固まってしまった。

まじまじと、慧ちゃんの顔を眺める。この子が男の子……男の子……。

「じゃ、この話始めると長くなっちゃうんでもう帰ります！　続きはまた今度〜」

慧ちゃんはそう言うと手をヒラヒラ振りながら「ニヒヒ」と愉快そうに笑い、去って行ってしまった。

「あの、妹妹？」

振り返ると、妹妹が「あ～」と考えこみながら言った。

「そういえば、姐姐には慧ちゃんが男の子だって、話してなかったね」

「結構それ、重要な話では？」

「そう？」

妹妹は首をかしげる。

「だって、慧ちゃんは慧ちゃんだからねー」

「まあそりゃあ、確かに……」

あの子はあの子以外の何物でもないって感じはめっちゃある。

「慧ちゃんが男の子でも、またうちに来ても姐姐は平気？」

そうたずねられ、速攻で答える。

「もちろん。いつでも来てもらっていいよ」

気づかいもできて、明るいムードメーカーで、おしゃれで可愛い慧ちゃん。

これからは妹妹の夕ごはんの時間が、今までより少しにぎやかになる日が増えそうだ。

「ただいまー」

最近は家に帰ると大抵、二人の可愛い子たちが私を待っている。

「姐姐おかえりー」

「夕夏ちゃんおつー」

「お、今日も慧が来てんね」

妹妹はキッチンでお料理をしていて、慧はソファーに座りスマホをいじっている。

慧はいつの間にか私のことを「夕夏ちゃん」と呼ぶようになったし、私は「慧」と呼ぶようになった。

まずは自室に戻り、窮屈なブラウスとタイトスカート、ストッキングをぽいぽいと脱ぎ捨てて、クタっとした丈の長いTシャツワンピに着替える。六月に入り、最近はもう夏が来たんじゃないかってくらい暑い日が続いている。

「はーめちゃ楽」

めちゃ楽めちゃ楽言いながらキッチンの横を通り過ぎたら、妹妹が声をかけてきた。

「姐姐、今日はビールにする？」

「んー、夕ごはんはなに？」

「排骨飯《パイクーファン》と空芯菜《くうしんさい》のにんにく炒《いた》め」

「わー。そんなんビール確定っしょ」

「はいよー」

キンキンに冷えたビールを妹妹に手渡され「どもー」と言って受け取り、ダイニングチェアに腰かける。

プルタブを引き上げ、さっそくビールを喉に流し込む。

「ぷっはー！」

「いい飲みっぷりだねぇ」

ククク、と慧が笑う。

すると妹妹がカウンターから小皿に盛ったザーサイと箸を出してくれた。

「料理もう少しかかるから、これ食べててー」

「ありがたーい！」

ザーサイを箸でつまみながらビールを飲み、スマホでSNSをチェックする。

「うけるわぁ……」

一人画面を見ながら笑う。

「夕夏ちゃんやめて。気になるから」

「ごめん、面白すぎて……」

慧がどれどれ、と近づいてきて、私のスマホをのぞき込む。

「あーこれね。昨日からバズってる動画のやつっしょ？　見た見た」

「えー繰り返し見ちゃうんだけど」

「そんなに？　まあ面白いけどさぁ」

　慧とはそんなくだらない話を、高いとも低いとも言えないけだるいテンションでしていることが多い。

「慧はなに見てたの？」

「いやー実はね……」

　慧がかすかに頬を赤らめた。

「ん？　なにかあった？」

「僕のあこがれてる人がいてさー」

　そう言いながら慧は画像投稿アプリの画面を私に見せる。

「ふぅん。可愛い……男の娘《こ》？」

「そう。僕この人のメイク動画が好きでさ、結構参考にさせてもらってるんだよね」

「そうだったんだ」

　慧は元々、可愛いものが好きな子供だったのだそうだ。かっこいいミニカーよりもふわふわのぬいぐるみを欲しがったり、ピンク色のTシャツがお気に入りだったり、少女漫画が好きだったり。その傾向は思春期を迎えても変わらず、高校生になった頃から、親に隠れて部屋でこっそりメイクの練習をするようになった。

　女の子の服装で外に出かけるようになったのは、大学生になり一人暮らしを始めてからのことらしい。慧はまだ自分の女装趣味について両親には明かしていない。そして自分が女性になりたいのか、ただ可愛いものが好きなだけなのかは自分でもわかっていないらしい。今はただ、のびのびと自分のやりたいことをやって楽しみたいんだって。

「この人ね……ゆのゆの……柚《ゆ》ノ木《き》月《つき》見《み》さんって言うんだけど。ゆのゆのがやってる女装男子のメイドカフェがあって」

「女装したメイドさんが接客してくれるカフェってこと？」

「そうそう。メイド喫茶の女装男子版なんだけど。そこで今、バイトの募集してるみたいで」

「へえ～、慧とかそこで働けそうじゃん」

「そう思う？」

自信なさげに慧がたずねる。

「いや、これだけ可愛ければ大歓迎されそうだと思うけどね。それに慧って人と話すのも上手だし。むしろ天職っぽいけど……」

「そうかなぁ……」

いつになく自信のなさそうな慧。

「僕ってさ、一人で部屋にこもってメイクしてた期間は長いけど、人前で女装姿で生活するようになってからはまだ二カ月くらいだからさ……」

「うーん、自信持っていいと思うけど。ちなみにそのお店に行ったことはあるの？」

「まだない。なんかドキドキしちゃって一人じゃ行けない」

「じゃあ、妹妹と一緒に行けばいいじゃん。私も一緒に行ってもいいし。そういうお店行ったことないから行ってみたいかも」

「えっ、そう？」

ぐいっと慧が顔を近づける。

「う、うん。面白そうだから……興味はあるかな……」

「じゃあお願い！　一緒に行って！」

「いいよ。土日は大抵暇だからいつでも」

「じゃあ今度の土曜日は行ける⁉」

「行けるよ」

「ハルミ――――！　今度の土曜遊べる――――？」

カウンターの向こうにいる妹妹に慧が叫ぶと、妹妹も大きな声で答えた。

「あそべるよぉ――――」

「やったぁ。じゃあ決まりね。うっそどうしよう。どんな服着てこうかな……」

慧は両手でほっぺを押さえながら、そわそわし始めた。

土曜日、私たちは女装男子カフェの最寄り駅で待ち合わせをした。

「二人ともありがとー。じゃさっそく行こうか」

慧は地図アプリを片手に先陣を切って歩き出す。すごく楽しみにしているのが伝わってくる。

「どんなお店なんだろうね。こういうところ初めてだからワクワクする」

そう言うと、妹妹もうなずく。

「今日はまた新たな日本の文化を知れるから楽しみ」

程なくして、私たちはお店に辿《たど》り着《つ》いた。

店の前に置いてある「女装メイド喫茶フルムーン」と書かれた立て看板には、夜空に浮かぶ満月の前を飛ぶペガサスの絵が淡い色合いで描かれている。イメージしていたメイド喫茶よりも、少し落ち着いた印象のお店だ。

「じ、じゃあ僕、扉を開けるよ……」

だいぶ緊張しながら慧がお店の扉を開く。すると、可愛らしいメイドさんが笑顔で出迎えてくれた。

「おかえりなさいませ、ご主人様」

「あぅ……。よ、予約した篠崎《しのざき》です……」

「ご帰宅をお待ちしておりました～。お席までご案内いたしますね」

ニコニコしながらメイドさんは奥のテーブル席へと案内してくれた。こぢんまりしたお店だけれど、白を基調とした明るい店内には可愛《かわい》らしいイラストやぬいぐるみが飾られ、天井からは星のオーナメントがいくつもぶら下がり、日常とは別世界へ迷い込んだような気持ちにさせられる。

メニュー表を開き、初めての来店だと告げると、メイドさんがお店のシステムについて説明してくれた。

「おひとりさま三十分につき三百円のチャージ料金がかかります。また、お食事かドリンクをおひとりさまにつきワンオーダー以上ご注文いただきますようお願い致します」

なるほどそういうシステムなんだ。ふむふむ、とうなずく。

「おすすめはお月見クリームソーダと、フルムーンパンケーキです。他にも色々なメニューがありますのでゆっくり御覧になってくださいね。では、お決まりになりましたらそちらのベルでお知らせください」

店員さんが去ると「ふぅ」と慧が息をついた。

「今まで息止めてたんかい」

思わずそう突っ込むと、慧は「まあ軽くね」と苦笑いした。

「緊張しすぎだよ」

「だって、あこがれのお店だから……。ヤバい手のひら汗ばんできた」

妹妹はそんな慧には構わず、メニューにじっと見入っている。

「へえ、色んなメニューあるね。ゆのゆの特製柚子《ゆず》シャーベット、お月見オムライス……。さっき言ってたパンケーキ、注文するとメイドさんがチョコペンで絵を描いてくれるのか」

「ほんとだねぇ。どれもおいしそう。妹妹なんにする？」

「私は柚子シャーベットにする」

「おお、決めるの早い……。私はどうしよっかなー。この夜空のソーダっていうのにしようかな。青いソーダにレモンを入れると色が変わるんだって、面白そう」

「僕は店員さんがおすすめしてくれた、お月見クリームソーダとフルムーンパンケーキにする」

ベルを鳴らしてメイドさんを呼び寄せ、注文を済ませると、私たちは店内の様子を見回しながら雑談を始めた。

「ねえ、あのレジの奥にいる人が、慧のあこがれてる人でしょ？」

レジのほうにちらっと視線を送りながらそう言うと、妹妹も首を伸ばしてそちらを見る。

パフスリーブのメイド服に身を包んだ、ほんわかした雰囲気の美少女……。慧が見せてくれた画像のままの柚ノ木月見がそこに立っている。本当は二十代後半の男性らしいのだけれど、どう見ても十代の可愛い女の子にしか見えない。

「おおー、ほんとだ。慧ちゃんの好きなゆのゆのだ」

「まあそうだけど……。聞こえたら恥ずかしいからそういうこと言うのやめて」

「恥ずかしがることない。せっかく会えたんだから話しかけてみたらいいのに」

妹妹がそう言うと、慧は眉をひそめて首をぷるぷると横に振る。

「ムリムリムリムリムリムリムリムリ……」

どうやら今背中を押しても無理そうだから、話題を変えることにした。

「だけどさ、雰囲気いいお店だよね。和やかで明るい感じで」

「もうこの空間にある全てに癒《いや》される。はあ、僕もこの可愛い空間の一部になりたーい」

「慧ならきっとここで働けるんじゃない？」

と、ふいにゆのゆのがこちらに視線を向け、またすぐレジに視線を戻した。

「あれ？　今こっち見たかな……」

そう言うと、慧が人差し指をたてて「しーっ」と言った。

「もう二人ともしばらく黙ってて」

「はいはい……」

するとそこに、さっきのメイドさんが注文したメニューを運んできてくれた。

「お待たせいたしました～。夜空のソーダのお客様～」

「はーい」

そして次々にドリンクやスイーツをテーブルに並べていく。そして最後にフルムーンパンケーキを慧の前に置くと、メイドさんはチョコペンを胸の前にかまえて可愛らしく微笑《ほほえ》んだ。

「今からこちらに、ウサギさんの絵を描かせていただきます～。愛情をたーっぷりこめて描きますね」

「は、はいっ」

慧は緊張の面持ちでうなずく。

するとメイドさんはチョコペンですらすらと、パンケーキの上に可愛らしいウサギの絵を描いてくれた。

「それではごゆっくりどうぞ～」

メイドさんがペコリと頭を下げて去っていく。

「僕、こんなに上手にウサギの絵描けないよ……」

慧は絶望した顔でパンケーキのウサギを見つめる。

「練習すればできるようになるんじゃない？　大丈夫大丈夫！」

無責任にそう言いながら、コバルトブルーのソーダに輪切りのレモンをのせる。するとレモンの近くからじんわりと水色がすみれ色に変化していった。わーきれいだなー。

「慧ちゃん、最初からうまくできる人なんかいないよ。でも勇気を出して踏み出さなきゃなにもできないよ」

妹妹がそう言うと、慧は深くうなずく。

「うん、そうだよね。そうだよね……」

そうしてそれぞれが出されたものを食べ終える頃、慧が再びメニューを開いた。

「お、追加注文？　いいねえ」

なんだか段々小腹が減ってきたから私も食べ物頼もうかな、と思って慧の開いたメニューをのぞき込むと、慧は顔を赤くしながら言った。

「あの……あの……これ……やろうかなって。ゆのゆのと……」

そこには「チェキ撮影・お好きなメイドとチェキを撮影できます。一枚七百円」と書かれている。

「いいけど……。自分が働くことになるかもしれない店の店長と、チェキを……？」

怪訝《けげん》な顔でたずねると、慧は「だって！」と小さく叫んだ。

「だって、面接受けたらもう受かっても落ちてもゆのゆのとチェキ撮りにくいじゃん。今日が最初で最後のチャンスだから……」

「まあ言われてみれば確かに」

チリンチリーン。

慧がベルを鳴らし、近くを通りすがったメイドさんを呼び止める。

「あの、このチェキを……ゆのゆのと撮りたいんですけど」

「かしこまりました。少々お待ちくださいね」

メイドさんはにっこり微笑み、ゆのゆのを呼びに行ってくれた。

「お待たせいたしましたご主人様〜」

程なくして、ゆのゆのが私たちのテーブルにやって来た。遠くからだと十代の女の子みたいに見えていたけれど、こうして近くで見ると人柄が放つ安定感のあるオーラのせいか、不思議と大人な女性に見えてくる。

「チェキのオーダーありがとうございます。ご主人様、チェキの撮影は初めてですか？」

「はい、初めてです。あの……僕ずっと、ゆのゆのにあこがれてたんです。僕もゆのゆのみたいに可愛くなりたいって思って。メイク動画も参考にさせてもらってます」

慧は瞳を潤ませ、ぎゅっとスカートの裾を握りしめる。

「ご主人様も、男の娘《こ》なんですね」

「はい……」

慧は耳まで真っ赤になってうつむいた。そんな慧の顔をそっとゆのゆのがのぞきこむ。

「あちらのパネルの前に移動しましょう。どういう風に撮りたいですか？」

「あっ、あの、やりたかったポーズがあって！」

うつむいていた慧が顔をあげ、立ち上がった。

二人はチェキを撮影するためのパネルの前に立ち、寄り添って指と指を合わせ、ハートハンドサインを作ってポーズをとる。

チェキを撮影する二人を見ていると、こちらまで体温が上がっていくようだ。

「ねぇ、慧があんな顔してるの初めて見たね」

そっと妹妹に耳打ちすると、妹妹もこくりとうなずいた。

「今が人生のピークみたいに幸せそうな顔してる」

チェキの余白にゆのゆのはサインを書き始める。

「ご主人様のお名前も書きますね。なんとお書きしますか？」

「け、慧で」

ゆのゆのは「慧ちゃんへ」という文字を付け加え、チェキを慧に手渡した。

「ありがとうございます」

震える手で慧はそれを受け取る。

これでもう終わりかな？　と思ったら、ゆのゆのはそのままテーブルに残って話し始めた。

「実はね、さっきちょっと話が聞こえちゃったんです。慧さんはここで働きたいんですか？」

「えっ」

慧は怯《おび》えた顔で、じっとゆのゆのを見る。ゆのゆのは変わらず笑顔のままだ。

「すみません、コソコソと話してて……。そうです、僕はここで働けたらいいなって思ってます。でも、僕でいいのなら、ですけど。この空間を汚したくはないから」

そう言うと慧はうつむいた。

「さっき、この可愛い空間の一部になりたいって、言ってくださってましたよね」

「はい……。言いました」

恥ずかしそうに縮こまり、緊張からか少し震えている慧の手を、そっとゆのゆのが握った。

「その気持ちさえあれば、合格です」

「えっ？」

驚いた慧が顔をあげる。

「慧さんは可愛いわりに、自分に自信がないんですね。この空間を汚したくはない、だなんて」

「だって僕、チョコペンであんなに上手な絵は描けないですし。それにさっきのメイドさんみたいなふんわりした雰囲気も僕にはないですし」

「それは大丈夫です。君は君らしくあればいいんですよ。全員同じな必要ないじゃないですか。ちょっとへたっぴなウサギさんの絵がお好みのお客様だっているかもしれないし、君の純粋なところを魅力に感じる人はたくさんいると思いますよ」

「そうですか？」

「大体、人の個性を尊重しない人がこんなお店やらないですよ。ここで働く人にはこのお店を好きであってほしいし、可愛《かわい》くいたいって思っている人であってほしい。あたしが求めるのはただそれだけです」

「そっか……。じゃああの、履歴書とかは今日持ってきてないんですけど、後日持ってきますので……。僕ここで働いてもいいですか？」

頰を赤く染めながら遠慮がちに慧がたずねると、ゆのゆのはにっこり笑った。

「もちろん、大歓迎。きっとここは、君が輝ける場所になりますよ」

「ありがとうございます！」

慧はテーブルに頭をぶつけそうなほど、思いっきり頭を下げた。

「一緒に、頑張りましょう。それじゃあとりあえず連絡先を……。ちょっとスマホ持ってきますね」

ゆのゆのが立ち去ると、妹妹は慧の手を握った。

「よかったね慧ちゃん！　あこがれのお店で可愛いメイドさんのお仕事できるよ！」

「ほんと、勇気出してよかった。二人ともついて来てくれてありがとー」

わーん、と涙ぐみながら慧は妹妹に抱きついて喜んだ。

◇◇◇

――シュー。

今日の夕ごはんは、豚足の煮込み。このお料理は日本に来てから初めて作る。

きっと姐姐も慧ちゃんも大好きな味だと思う。姐姐はコラーゲンの豊富なプルプルした食べ物が大好物だし、慧ちゃんは八角の香りがするおかずだと珍しがって喜ぶ。

二人がおいしそうにプルプルの豚足を箸でつつくところを想像するだけで、私はお腹《なか》いっぱいになれそうなくらい、幸せな気持ちになれる。

私にも誰かの気持ちを満たすことができるのだと、二人の笑顔を見るたび確認することができる。

この世界から「寂しい」をなくしたい。そう思ってたけど、この異国に来てからというもの、そんな自分を見つめ直す機会が増えている。

きっと私こそが世界一の寂しがりやなのだ。そんな気がしてくる。

姐姐と慧ちゃんの存在が、今の私にはとても大きい。

二人がいなかったら、きっと私、この国で楽しく暮らせてなかった。

ガスコンロのつまみをひねって弱火にすると、私は「ふぅ」と息を吐いた。

豚足の煮込みを圧力鍋にかけたし、しばらくは手が空きそうだ。もう一品なにか簡単なものでも用意しておこうかと、冷蔵庫をのぞき込む。青菜の炒《いた》め物《もの》がいいかな……。あ、そうだ。そろそろオクラを使わないと。

「慧ちゃーん、オクラって好きぃ？」

たずねると、ソファーにノートを広げて寝転がり、だいぶだらけた姿勢でお勉強中の慧ちゃんが顔をあげ、答えた。

「うん、好きぃ」

「じゃ、オクラのおひたしにしよっと」

オクラを野菜室から取り出し、水洗いしようと腕をまくると慧ちゃんがカウンター越しにひょこっと顔を出した。

「料理中ごめん。実は明日の中国語の講義で発表する内容、ハルミに見てほしくてさ。後で手が空いたときでいいんだけど……」

「いいよー。っていうか今見るよ。まだ夕ごはんの時間まで余裕あるし」

「え、いいの？　待って、ノート持ってくる！」

「いや、そっち行くよ」

リビングのソファーに座り、慧ちゃんのノートを見直す。

「うん、これで大丈夫だと思うよ」

「ほんと？　ありがとー。ハルミに見てもらえば安心だからさ。悪いね」

「全然。だって他の講義のとき、慧ちゃんにはたくさんお世話になってるし」

「やーでもハルミ、中国語の講義のときはみんなに頼りにされて、大変そうだからさ。この前も講義の後、ハルミの周りが人だかりになってたし。僕まで負担かけて、申し訳ないなって」

「ああ……」

確かに中国語の講義の後は私の周りに人が集まるのが、もはや通例のようになっている。自分がみんなの役にたてているっぽいから嬉《うれ》しいなーって思って、気にしてなかったけど。

「全然、気にしないで。私、困ってる人を助けるの好きだから」

「そこがなー！」

突然、慧ちゃんは大きな声でそう言うと、両手でくるくるとツインテールをいじり始めた。

「へ？」

なにが言いたいのかわからなくて、首をかしげる。

「僕、正直ハルミが心配。ハルミって結構尽くすタイプじゃない？　僕にお昼のお弁当作って持ってきてくれるときとかあるしさあ」

「ああ。あれはだって、自分のお弁当作るついでだから」

「まあ僕になら、まだいいけどね？　だけど誰にでも尽くしてたら、悪い人にいいように利用されちゃうかもしれないしさあ……」

「そ、そんなことないって！　私、人を見る目はあるんだから！」

まったくもう。慧ちゃんは心配性だなあ。私、こう見えてしっかりものなのに。

「あーもー。わぁったわぁった。そんな怒んないでよハルミぃ」

「別に、怒ってはないけど……」

「僕はただ、ハルミが心配なだけなのー」

「それは、ありがと……」

頼りない人だとは思われたくないけど、こうやって私を心配してくれるお友達がいるのは、本当にありがたいことだよね。

とそのとき、玄関ドアの開く音がした。

「ただいまあ～」

姐姐が帰ってきたみたいだ。慧ちゃんがソファーから立ち上がり、姐姐に手を振る。

「おかえり夕夏ちゃん。おじゃましてるよー」

「おっ、慧じゃん。三日ぶり……くらい？　ちょっと久々だね」

「うん、最近週四日にシフト増やしたからね」

慧ちゃんは少し前から、フルムーンで働き始めた。「K」っていう名前でメイドさんをしている。まだ働き始めてそんなに経《た》ってないけど「K」は人気があるらしくて、チェキの撮影でもよく指名されるらしい。

「バイト大変じゃない？　大丈夫？」

姐姐がたずねると、慧ちゃんはへへへ、と笑った。

「まー大変なこともあるけど、大丈夫！　僕はあの空間にいられるのが嬉しいし……。お金稼げるようになった分、欲しかったコスメとかお洋服も買えるようになったし」

「そっかそっか。よかったね」

「でも疲れるぅ。だから今日は骨の髄まで休むぅ」

言いながらソファーにダイブし、ゴロゴロし始めた。慧ちゃんったら、もうすっかりうちに慣れたみたいで、いつもこうしてリラックスした様子だ。

だけどよかった。慧ちゃんにとって、ここがそういう場所で。

ソファーに寝転がり、慧ちゃんが天井を見上げる。

「正直僕ってツイてるよね。こんな僕のこと受け入れてくれるハルミや夕夏ちゃんに出会えて、あこがれてたお仕事もできてさ」

そんなことを慧ちゃんが言うのは初めてのことだったから、ちょっとびっくりした。

「私だって、慧ちゃんに出会えて、ツイてる」

思わず反射的にそう口走った。慧ちゃんは「ありがと〜」と答え、笑っている。

姐姐が部屋着に着替えて戻ってきた。冷蔵庫からビールを取り出し、ダイニングチェアに腰かける。

「あ、オクラ」

洗ってさっと茹《ゆ》でて、姐姐に出してあげよっと。そそくさとキッチンへ向かう。

オクラを茹でるブクブクという音を通りこし、私の耳に二人の会話が届く。

「さっきの話さ、それは慧が慧だから、だよ」

「僕が、僕だから？　さっきの、僕がツイてるって話？」

「うん。慧のこと好きだから私も妹妹も慧と一緒にいたいって思うし、慧が自分のやりたいことに向き合って手を伸ばしたから、あこがれてたお仕事もできてるんじゃん？」

「あ……確かに。でも面と向かって言われるとめっちゃ照れるな！」

二人の会話を聞きながら、独り言を漏らす。

「そっか……」

そして、姐姐と慧ちゃんも、私のこと好きだから一緒にいるんだ。私が私だから。

当たり前のことなのに、気づくとなんだか嬉しくなる。

トン、とオクラののった皿をカウンターに置くと、姐姐がそれを受け取りながら言った。

「ねえ妹妹、今日の夕ごはん、なあに？」

「豚足の煮込み」

「……まじで!? やった——!」

とーんそくのにーこみーとたーいわーんびーる。とーんそくのにーこみーとたーいわーんびーる。

姐姐、歌いながら小躍りしてる。ちょっといいこと言ってたのに、またお子様に戻ってしまった。

そろそろいいか……。私は圧力鍋の蓋を開ける。すると鍋の中から八角やお醤油《しょうゆ》のいい香りがふんわりと漂ってきた。

あ〜、なんかこういうの、幸せ。

4　ちっちゃなモンスターにママは疲れ気味。～みんな大好き大根餅～

「暑うぃ」

　ダラダラと汗を流しながら参道の階段をのぼっていくと、徐々に「開かれた神社」と書かれた看板と鳥居が見えてきた。

　ここは田無《たなし》神社。様々な御利益がある全国屈指のパワースポットとして知られている。

「はあ、到着」

　息を切らしている私を、妹妹《メイメイ》がじっと見て言う。

「姐姐《ジェジェ》、この程度の階段で息が切れるのは運動不足だと思うね」

「んなこたわかっとらす」

「わかっと……らす？　それはどこの地方の方言？」

「さあ、どこなんだろうねー。長いこと生きてると色んな地方の人と出会って色んな方言が少しずつうつっていくからさ、どこの言葉とかわからず使うときあるね」

「なるほどぉ」

　そんな意味のあるようなないような会話をしている場合ではない。喉がカラカラだ。

私たちは手水舎《ちょうずや》の水で両手を清め、頭を軽く下げて鳥居をくぐると、休めそうな場所を探した。

「あっ、姐姐。あそこに自販機とベンチがあるよ。飲み物買って休もう！」

妹妹が境内の一角を指さす。

「ふぉんとだあ……。水分……」

私は自販機に吸い寄せられるように歩を進め、自分でも意識しないままに、流れるような動作でボタンを押し「ピピッ」と電子決済を済ませて、ペットボトルのスポーツドリンクを購入した。そしてよろよろとベンチに腰掛ける。

「はあ～」

熱中症になる一歩手前やがな、と思いながらスポーツドリンクに口をつける。今は八月下旬、夏休みの真っ最中。境内には親子連れの姿も多いし、蟬《せみ》の鳴き声も尋常ではない。

「涼しくなってから、と思って四時になるのを待って家を出てきたのに、全然無意味なくらい暑いね」

「いや、日中はもっと気温も高くて日差しも強かったから意味なくはなかったんじゃない」

妹妹は冷たいオレンジジュースをおいしそうにゴクゴク飲んでいる。

「でもさ、やっぱ台湾《たいわん》の夏のほうがもっと暑いんでしょ？」

たずねると、妹妹はう－んと考え込んだ。

「どうかなあ。日本のほうが風がないから辛《つら》い気もするけど、台湾は蒸し暑いし日差しが強いし。どっちもどっちかなあ。でも台湾のほうが暑い時期は長いね」

「そっかあ」

八月に入ってからというもの、私も妹妹もすっかり出かけるのが億劫《おっくう》になってしまっていた。近年の夏の暑さといったら尋常ではない。日中は外に長時間出ているのが危険に思えるほどだ。

だからこのところ、休日にはエアコンの効いた部屋に丸一日こもりきり、ということが続いていた。でもそれはそれで、気が滅入《めい》ってきてしまう。やっぱり人間、ちょっとは外に出て刺激を受けないと、テンションが上がらないものなのだ。

そこで妹妹と話し合い、近所のパワースポットである田無神社へウォーキングがてら出かけることにした。田無神社はちょっとにぎやかで、訪れると元気が出るような神社だ。数々のパワースポットがあるので見どころが多く、色んな変わったおみくじが売られている。時々キッチンカーが来ていて、おいしいコーヒーが飲めたりもする。

妹妹が田無神社を訪れるのは初めてのことだ。私も田無に住むようになってから六年程経つものの、数えるほどしかここには訪れていない。

「いろんな龍《りゅう》の神様がいるんでしょ？　良縁の御利益がある龍神様はどこなの？」

妹妹はキョロキョロあたりを見渡す。

ここ田無神社には五龍神と言われる五柱の龍神が祀《まつ》られている。それぞれの龍神には違った御利益があるのだ。

「いや、別にいいんだよ。婚活はしばらく、休憩にしようかと思ってさ」

そう言うと、妹妹は目を丸くした。

「え、そうだったの？　なんで？」

「まー一旦、ちょっと自分を見つめ直す、的な？」

適当に、そんなことを答える。

本当はどうしてなのか、理由は色々あった。

婚活が精神的苦痛になっていて、もう嫌気がさしてしまっていること。

そして最近は、以前ほど結婚に対する焦りを覚えなくなってきたこと。

それから……。今の環境をしばらくは、変えたくないなって。

妹妹と一緒の生活、楽しいし。

妹妹と暮らし始めてから、世界の感じ方が変わったのだ。

以前は、私って誰にでも好かれるようなたちじゃないから、このままだと未来の自分は孤独になっていくんだろうなって不安に思ってた。だからこそ、人生を共に歩む人を見つけて安心したかった。

だけど、ひょんなことから一緒に暮らし始めた妹妹が、ガラリと私の毎日を変えてしまった。誰かと毎日ごはんを食べて、相手のことを心配したり、相手からも心配されたり。まっすぐすぎて不器用で、頑張りやで可愛《かわい》い妹妹のこと、応援したいなって思ってる。それに妹妹の友達である慧《けい》とも知り合って、そこから見える世界が広がっていったり。

人生って、自分の想像通りになんていかないんだと思う。

だから自分の未来を決めつけて不安がる必要はないのかもしれない。死ぬときはみんな一人だけど、私が誰かを大切に想《おも》い、相手からも大切に想われていた、そういう時間が人生の色んなときに色んな形で確かに存在している。そしてそれら全てが、私の心を温かくしてくれる。

未来のことを考えるのも大切だけど、今は目の前を流れる時間を大切に過ごしていたい。そう思うようになったから、婚活アプリも全然開いてないし、婚活パーティーの情報を検索することも自然となくなっていた。

妹妹がスマホで神社のマップを調べてみる。

「ふーん。あちこちに色んな御利益の龍神様がいる。龍神様以外にもご神木とか稲荷《いなり》のほこらとか。全部回ってみたーい！」

妹妹、まるでテーマパークにでも来たかのようにはしゃいでる。

すごい楽しそう……。全部回るの大変そうだけど、断れない……。

「……いいよぉ」

私たちはマップを頼りに、全てのパワースポットを巡ることにした。


「疲れ……」

再び自販機前のベンチに戻り、ダラリと腰かける。

全ての龍神様を巡り、お守りも購入し、おみくじを引き。

気づけば時刻は午後六時を回り、空は茜色《あかねいろ》に染まり始めている。

「人もだいぶ減ったね」

「そうだねぇ」

妹妹は赤い龍の根付けを嬉《うれ》しそうに眺めている。さっきひいた五龍神のおみくじに入っていた根付けだ。

「今日は頑張って全部回ったから、きっといいことあるね！」

瞳をキラキラさせ、満面の笑みを浮かべながら私の顔を見上げる妹妹。

まぶしー。

そっかこれが若さか。

いや、姉妹がまぶしい人間なだけか。

「だといいんだけど」

ボーっと本殿を眺めながら二人でベンチで休んでいると、段々と幼い女の子の声が近づいてきた。

「いやだ！　いやだ！　まだかえらないから！」

「お参りしたら帰るって、ママと約束したでしょ⁉」

「かえらない！　かえらない！」

徐々に女の子の声が大きくなっていく。

「まーーだーーかーーえーーらーーなーーいーーかーーーーらっ！」

「ママこれから夕ごはん作らなきゃなのよ？　ちゃんと言うこと聞いてよ！」

「いーやーだ！　ごーーはーーんーーたーーべーーなーーーーいっ！」

「なんでいつもごはん食べないのよ！　そんなねぇ、お肉もお野菜も食べないでお菓子とバナナしか食べなかったら、病気になっちゃうんだからっ！」

徐々にママの声もヒステリックになっていく。

——大丈夫かなあ？

なんだかこちらまで辛い気持ちになってきて、ちらりとその母子《おやこ》に目をやる。

すると、そのママが自分の知り合いの顔によく似ていることに気づく。

じーっと目を凝らす。やっぱりそうだ。

彼女は藤川綾乃《ふじかわあやの》。私の中学時代の同級生だ。ちょっと雰囲気が変わって大人っぽくなってたから、一瞬わかんなかったけど。

「あれ……。綾乃？」

声をかけると、小さな女の子の手をひっぱっていこうとしていた彼女が、驚いたようにこちらに振り返る。

「えっ……。あ、夕夏《ゆうか》？」

「やっぱそうだったかー。久しぶりだね」

「えーすごい久しぶり。こんなところで会うなんて偶然だね！」

さっきまでの必死な表情が緩んで嬉しそうにしてくれたことにホッとする。

「多分成人式の後の同窓会ぶりでしょ？　綾乃が結婚したことは風の噂《うわさ》で知ってたけど、田無に住んでたんだね」

確か綾乃は転勤族の人と結婚したから、仕事をやめて北海道に引っ越したって聞いてたんだけど。

でも転勤族だから、また東京に戻ってきたのかもね。

なんて考えていたら、綾乃が決まり悪げに説明し始めた。

「あー、私実は二年前に離婚して、その後この辺の会社に就職したのがきっかけで田無に住むようになったんだよねー」

「そうだったんだ」

ちょっと意外に思った。綾乃は美人だから中学生の頃、男子にはあこがれの存在として崇《あが》められていたし、優しくて穏やかな性格だから、誰とでもうまくいきそうだと思っていた。

でも人生、色々ありますわな。

「綾乃の子、初めて見るわ。不思議な感じ」

ママー、ママーとぐずり続けている、綾乃に似て可愛らしい顔立ちの幼い女の子に声をかける。

「こんにちは」

すると女の子はピタッとぐずるのをやめ、はにかみながら言った。

「こんにち……はっ！」

「お名前、なんていうの？」

「あのねー、たんぽぽぐみ、ののか、よんさい！　すきないろは、きいろとぴんく！」

色々、質問していない情報まで話してくれた。

「すごいねー、賢いねー」

褒めると「えひゃひゃひゃっ！」と笑ってくれた。

「もーう、全然言うこと聞かなくって大変なのよ。毎日保育園の後も希乃花《ののか》に振り回されてクタクタ」

そう言うと、綾乃はハァ、と深いため息を漏らした。

だいぶお疲れのご様子だ。

「さっきさー、ママが帰ろうって言ってたのになかなか帰らなかったじゃない。なんで？」

「だってののか、あそびたがりだもん！　もっとママとあそびたいもん！　ずーーーっとずーーーっとママとあそびたいもん！」

そう叫ぶ希乃花ちゃんを見て、妹妹が悲しそうな顔をした。

「ねえ、ごはん食べるのも、嫌い？」

妹妹がたずねると、希乃花ちゃんはうなずいた。

「ごはん、すきじゃない。おかしならすきなんだけどねぇー。だってごはんって、おもしろくないもん」

得意げに説明する。

「んー、じゃあさあ、今日お姉さんのおうちにごはん食べにくる？　いつもと違うとおもしろいかもよー」

妹妹がそう言うと、希乃花ちゃんは瞳を輝かせた。

「うん！　いくー！」

「あの、あなたの家に？　いや、そんなわけには……」

妹妹を見ながらとまどう綾乃に私は言った。

「ああ、この子今、私と一緒に住んでるの。だから私んちってこと」

「そうなんだ。でもどっちにしろこんな急に……申し訳ないからいいよ」

断ろうとする綾乃に私は言った。

「うちは大丈夫だよ。でもここから歩いて十五分くらいかかるけど、希乃花ちゃん歩けるかな？」

「ああ、私たちは自転車で来てるから、それは平気なんだけど」

「じゃあ綾乃がよければうちに来ない？　この子……楊《ヤン》さんっていう台湾から来た子なんだけどね、すごくお料理が上手なんだよ。わけあって今一緒に住んでるんだけど」

「へえ、お料理得意なんだ。ていうか、なんで一緒に住んでるの……？」

ちょっと綾乃も興味を惹《ひ》かれたようだった。

「歩きながら話すよ。うちはあっちのほうなんだけど」

「へー、うちもだよ」

そうして、綾乃と希乃花ちゃんは我が家で夕ごはんを食べていくことになった。

うちのマンションが近づくにつれ、綾乃も私も妙だなと思い始めた。

「ねえ、うちのマンションもこっちのほうなんだけど……」

「へー。どうする？　実は同じマンションに住んでるんだったりしたら」

「まさか。でも本当にうちのほうに向かっていくから笑っちゃう」

結局、私と綾乃は同じマンションに住んでいるわけではなかったけれど、道を挟んではす向かいにある、かなり近い場所のマンションに綾乃が住んでいるとわかった。

「うっそー。こんな目と鼻の先に綾乃が住んでたなんて。今まで道ですれ違ったことなかったのかな？」

「きっとあったんじゃないかなぁ？　気づかなかっただけで」

そんな話をしながらマンションの中へと入っていく。

家に着くとすぐに、妹妹は夕ごはんの準備を始めた。

「希乃花ちゃんってアレルギーとかはないですか？」

「うん、ないわ」

綾乃が答える。

「ねーねー、なに作るの？」

興味津々の希乃花ちゃんに妹妹は言う。

「色々作ろうと思うけどね……。希乃花ちゃんに、蘿蔔糕《ローポーガオ》を作るよ」

「ろーぽー？　ガオー！」

希乃花ちゃんはライオンの真似《まね》をして笑った。そして「ろーぽーガオー！　ろーぽーガオオオオオ！」と言って踊ってみせる。

「ごめんね、うるさいでしょう？　騒音とか大丈夫かな？」

綾乃が申し訳なさそうに聞いてくる。

「ああ、大丈夫だよ。ここの物件防音に優れてるからさ、結構小さい子供のいる世帯も多いんだけど、足音とか声とかほとんど聞こえたことないの」

「そうなんだ。だったらよかった」

ほっと胸をなでおろした綾乃。小さな子供がいるとこうした心配事が絶えないのだろうなとふと思う。

「ねえ妹妹、そのローポーガオー！　ってのはどんな料理なの？」

「蘿蔔糕はすりおろした大根と米粉と具を混ぜて焼いた料理だよ」

「ああ、大根餅のことね。そういえば台湾旅行したとき食べたかも」

「ところで希乃花ちゃんは、どんな食べ物が好き？」

妹妹が希乃花ちゃんにたずねると、希乃花ちゃんは一生懸命考え始めた。

「うーん、ののか、ちーずがいちばんすき！」

「あと、お魚なら食べられるのよねぇ。お肉は嫌いだけど」

綾乃が付け加えた。すると妹妹はふむ、と一瞬考えてから言った。

「じゃあ、ツナとチーズの入った大根餅にしようかな」

「やったあ！　ののか、つなもすきだよ！　たのしみぃ！」

「そしたらできあがるまで、いい子にして待っててね」

妹妹が希乃花ちゃんの頭を撫《な》でると、希乃花ちゃんは「はーい！」と元気よく手をあげて返事をした。

「楊さん、子供と話すのに慣れているみたい」

綾乃がそう言うのを聞いて、ふと思い出した。

そういえば妹妹、前に年の離れた弟がいるって話していたことがあったのだ。小さな子供の面倒をみるのには慣れているのかも。

こうして希乃花ちゃんと話している妹妹は、なんだかいつもよりお姉ちゃんっぽい。

子供向け番組を見ながら夕ごはんができあがるのを待つことにする。

「そういえば夕夏って、今なんの仕事してるの？　綾乃は？」

「私はブライトドリンクって会社の事務。綾乃は？」

「私は丸良《まるよし》乳業の品質管理課で働いてるの。この近くに工場があるんだけど……」

「あー、なんか見かけたことあるかも。アイスクリームの工場だったっけ？」

「そうそう」

と、そこに妹妹がやって来て、お茶を出してくれた。

「水出しの東方美人茶《ドンファンメイレンチャ》です」

「へぇー。台湾のお茶ね？　素敵なグラスだしよく冷えていておいしそう」

「妹妹ありがと。いただきまーす」

喉が渇いていた私は、さっそく東方美人茶をいただく。

「はぁ、甘みがあってまろやかでおいしい……」

「ほんと。少しマスカットみたいな甘みがあるね。このところゆっくりお茶を飲むことなんてなかったから、癒《いや》されるわ～」

「希乃花ちゃんは可愛《かわい》いけど、育児生活って大変そうだね。それに日中は仕事してるわけでしょ？」

「そうなのよー。朝早く起きて、なかなか言うことを聞かない希乃花を急《せ》かしながら支度をして、やっとのことで保育園に登園させたら工場へダッシュで向かって……帰りもすんなりとは帰らないから、公園に寄ったりさっきみたいに神社に寄ったり。夕ごはんもなかなか食べないし、疲れてる中せっかく用意した食事も残されちゃうし。その後お風呂に入れて、寝かしつけをして……。休まる暇なんてないわよ」

「それは大変だわ」

そんなしんどい日々を、綾乃は繰り返しているのか。

結婚後の生活、か……。私が将来どんな人と結婚してどんな生活を送るのかはわからないけど、結婚を望むのならその先のことだって、考えておくべきだよな。

全く考えてなかったわけじゃなかったはずなんだけど、こうして現実を目にすると自分にどれだけの覚悟があったのか、自信がなくなってくる。

「そうだよねえ、結婚はゴールじゃない……。その先には新たな生活が……」

「あっ、ごめんね、ついつい愚痴っちゃった！」

暗い顔でボソボソ独り言を言い始めた私を見て、綾乃が慌て始める。

「でも希乃花が生まれたことで私の世界観が変わったの。自分はこうやって育てられてきたのかなって気づいて、生き直している気分よ。だから結婚したことも、こういう生活になったことも、後悔しているわけじゃないの。希乃花がいると寂しくないし、離婚してからは自分のお金でのびのび暮らしている感覚もあるし」

「そっか。いやあ実は私、最近婚活してたんだよね。今はちょっと休んでるけど……。結婚をまるでゲームのゴールみたいに考えちゃってた部分があったなって」

「なるほどねぇ。もし婚活再開するときは、私応援するからね！」

「ねーママ、なにをおうえんするおはなしぃ？」

テレビに飽きてしまったのか寂しくなったのか、希乃花ちゃんが綾乃の元にやって来て背中にしがみつきながら肩の上まで登り、首元にむぎゅっと抱きついた。

「いてて……。まったく困っちゃうわ。希乃花、ママはジャングルジムじゃないんですけどぉ……」

「おねーさんが抱っこしてあげようか？」

そう言って腕を広げたが、希乃花ちゃんはしばらくフリーズした後ふるふる、と首を振って綾乃の肩から降り、そのまま綾乃の背中とソファーの間に隠れた。

「恥ずかしくなっちゃったみたい」

ふふふ、と綾乃が笑う。

「そうだ希乃花ちゃん、なにか飲み物持ってきてあげるよ。えーっと、なにがいいかな？」

「…………」

無言の希乃花ちゃんにかわって綾乃が答える。

「あ、じゃあお水もらっていいかな」

「お水でいいの？　ジュースとかもあるよ」

「うん。この子すごい偏食でね、ごはんもお肉も野菜もあまり食べなくて、私は嫌なんだけど、お菓子とか果物を食べることが多いのよ。だからせめて水分は糖分の入っていないものを与えたくて」

「なるほどね。じゃあお水持ってくる」

そう答えると、綾乃の後ろからちょこんと希乃花ちゃんが顔を出した。そしてまっすぐな瞳でじーっと私を見つめながら言う。

「こおりおみずがいい」

「……こおりおみず？」

たずねると、希乃花ちゃんはこくりとうなずいた。

「こおりのはいった、おみずとすぷーん。ののか、すぷーんでこおりすくってたべたい」

「りょ、了解～」

どうしてかなあ。相手は小さな身体《からだ》の四歳児なんだけど、こっちが言うこと聞きます、みたいな雰囲気になってしまうような……。

精神的な圧力と肉体の体積は比例しないのかもしれない。

子供向け番組を一本見終わった頃、さっそく妹妹が料理を持ってきてくれた。

「炸花枝丸《ジャーホワジーワン》と野菜たっぷりの炒米粉《チャオミーフェン》です」

炸花枝丸はイカの団子を揚げたもの。このイカの団子はよく妹妹が作る料理で、作ったその日の分は揚げて炸花枝丸にし、残った分は冷凍保存しておいて、あとでスープの中のイカ団子として食卓に登場することが多い。

「へえー、イカのお団子？　初めて食べるかも。おいしそうねー、希乃花」

「まま、これほんとにいか？　まんまるくてぼーるみたいだよぉ？」

「希乃花ちゃんはこれで食べてね。イカのボールは何個にする？」

妹妹は希乃花ちゃんに取り分け用の小皿とフォークも持ってきた。

「ぼーるは……いっこで」

食べたことのない食べ物を警戒しているのだろうか。希乃花ちゃんが一個でいいと言うので、妹妹は一つだけ炸花枝丸を小皿にうつす。

「こっちも食べられそう？」

野菜のビーフンを指さして妹妹がたずねると、希乃花ちゃんは首を横に振った。

「やさいいっぱいあるからたべない」

「まったくもう……。ごめんね、楊さん」

「いえいえ、きっとこれは無理じゃないかと思ってたので。じゃ、次のお料理を持ってきますね」

妹妹は気にしていない様子でキッチンへと戻っていく。

「さーて、じゃあさっそく食べてみよっか」

大人用の取り分け皿と箸を持ってきて綾乃に手渡す。

「ありがとね、夕夏。ほら希乃花、食べようよ」

「うーん」

希乃花ちゃんは炸花枝丸をフォークでつっつきながら転がしている。

「希乃花、食べ物で遊んじゃ駄目っていつも言ってるでしょ？」

げんなりした顔で綾乃が注意したが、希乃花ちゃんは「だってぼーるみたいなんだもん」と理由になっているようなないようなことを言いながら炸花枝丸を転がし続ける。

「ごめんね、せっかく出してくれた料理を……」

暗い表情になった綾乃をなだめる。

「まあいいじゃない。しばらく遊んでてもらってたって。それより食べよ食べよ！　揚げたてのうちに食べたほうがおいしいよ」

「まあ、そうねえ。じゃあいただきまーす」

綾乃と私は炸花枝丸に箸を伸ばし、一口齧《かじ》った。

「おいしい。ほんとに楊さんってお料理上手なのね」

「そうなんだよ……外はサクサクで中はふわふわ」

「ねえ、こっちの焼きビーフンもおいしい。色んな具が入ってるね。豚小間・キャベツ・人参《にんじん》・ニラ……」

「うーん、ビールが欲しくなっちゃうな」

「夕夏飲んでていいよ。私はお茶でいいけど」

「あそう？　じゃあちょっとだけ」

一缶だけと思いつつ、冷蔵庫から缶ビールを取り出す。

ぷしゅっ。ゴクゴク。イカ団子サクサクふわふわ。

「はあー。最高だわ。これいくらでも食べちゃいそう……。希乃花ちゃん、もし食べられなかったらもらうよ？」

すると希乃花ちゃんが、プルプルと首を横に振った。

「だめ！　これののかのだから！」

「えーでも全然食べてなくない？」

希乃花ちゃんの小皿に転がるイカ団子を見つめていたら、焦った希乃花ちゃんはフォークでイカ団子を突き刺し、一瞬ためらってから前歯でガリッとほんの少し齧った。

「あ……これおいしい」

「そうでしょ？」

「うん……」

希乃花ちゃんはそのまま、揚げイカ団子をパクッと口に放り込んだ。

「どうする？　もう一個食べる？」

たずねると、希乃花ちゃんはうなずいた。

「もういっこだけ、たべる」

「おっけー」

希乃花ちゃんに取り分けると、またイカ団子をボールにして遊び始めた。

「そういえば希乃花って、ハンバーガーチェーンのフライドポテトは大好きでよく食べるのよね。揚げ物が好きなのかもしれない」

「へえーそうなんだ」

「でも子供なのに揚げ物が好きだなんて、なんだか身体に悪そうな気がしちゃって……」

すると、次の料理を運びながら妹妹が言った。

「幼児は便秘になりやすいと思うんですけど、油には便秘を解消する作用があるんです。だから極端に摂《と》りすぎるわけでなければ、悪いことと思わなくていいかと思いますよ」

「そうだったのね。あー、だから希乃花って、揚げ物が好きなのかな……。あら、その四角いものはなあに？」

綾乃は妹妹が持ってきたお皿の中をのぞき込む。

「これがさっき話してた蘿蔔糕《ローボーガオ》です。希乃花ちゃんが大好きな、ツナとチーズ入り」

「ろーぽー、がおおおお！」

希乃花ちゃんは大きく口を開き、両手をパーにして見せる。どうやらライオンの真似《まね》をしているつもりらしい。

「しかくて、しろくて、ちょっとちゃいろいよ？」

希乃花ちゃんは蘿蔔糕を不思議そうに見つめている。妹妹は希乃花ちゃんに蘿蔔糕を取り分けながら言った。

「蘿蔔糕はラッキーフードなんだよ。これを食べると運気が上がると言われているの」

「らっきーふうどぉ!? ほんとにぃ？」

「えー妹妹、それ本当？」

思わずたずねると、妹妹はうなずいた。

「蘿蔔糕のガオという発音が『高』という字の発音と同じだから、台湾では運気が高まる食べ物と言われているんだよ」

「へぇー。そうなんだー。いいね、ラッキーフード」

「らっきぃふうど」

明らかにラッキーフードという言葉でテンションが爆上がりした希乃花ちゃんは、さっそくその四角い餅みたいな物体を頬張る。

「おいしー！　これ、ののかすき！」

その言葉を聞いて、妹妹が嬉《うれ》しそうに笑った。

「よかったぁ。実はね、おねーさんも、子供の頃からこのお料理が大好きだったの。だから希乃花ちゃんも気に入ってくれるかなって思って作ってみたの」

「へー。おねーちゃんも、つなとちーずだった？」

「ううん。私はベーコンとネギをよく入れてもらってた」

「へー」

希乃花ちゃんは早くも二つ目の蘿蔔糕にフォークを突き刺した。

「私も食べよ……」

運気も上がるらしいし、ぜひとも一つくらいは味見をしてみたい……。すっと蘿蔔糕に箸を伸ばし、はむっとひと口。

「あっ、やわらかくてもちもちで、表面はパリッと焼けてる！」

希乃花ちゃんセレクトのツナとチーズも大根餅によく合っている。

「これはどうやって作るの？」

興味津々で綾乃がたずねる。

「大根を粗めに摺《す》ったものと米粉・水・あとはお好みの具材を練り混ぜて、ごま油で焼けばいいだけです」

「なるほどー。それならお手軽ね。それに大根が入っているから、これを食べれば食物繊維が摂れていいし」

綾乃は嬉しそうに言った。確かに野菜嫌いでもこの大根餅が食べられれば、野菜を食べたようなものだろう。

「私も味見にいただこうかな」

綾乃が大根餅を食べ始めると、妹妹が赤いペーストののった小皿を持ってきた。

「おこのみで、豆板醬《トウバンジャン》をつけて食べてみてください」

「へえ、豆板醬を。ありがとうね。じゃあさっそく」

「私もつけるー」

さっそく豆板醬をつけて大根餅をいただく。

「わ、すごい。大根餅が変身した！ これはビールが進むわあ……」

もちもちカリカリの子供でも食べやすい大根餅が、いっきに大人のおつまみに。

「これなら希乃花も私もおいしいと思える味だわ。希乃花に合わせるといつもお料理が刺激のない味になっちゃうから、大人の私には物足りなかったのよね」

綾乃は嬉しそうに笑った。

◇◇◇

小さな子供を見てるとまず頭に思い浮かぶのは、八歳年下の弟のこと。

生意気でやんちゃな弟は、今頃元気にしてるだろうか。最近は会社の経営状況も落ち着いて両親も手が空くことが増えたから、きっと仲良くやっているだろう。

そしてもう一人思い浮かぶのは、子供の頃の私の姿。

部屋のソファーに一人きりでぽつんと座り、誰にも言えない気持ちを抱えたまま、テレビを眺める私の姿。

自分の気持ちを殺してなかったことにするのは、世界を殺すのと同じことだ。私はその感覚を知っている。

誰かになにかを伝えたいという気持ちが減っていくたび、世界が価値を失っていく。

わがままを言える弟こそが健全なんじゃないかって、たまに思うことがある。

だけどそれでも、私はいい子でいたい。

ちゃんと、求められる子でありたい。

私は自分を失って、ただ「つながっていたい」という漠然とした願いだけを胸に抱え続けている。

食事を終え、希乃花ちゃんの汚れた口元をぬぐいながら綾乃さんが時計を見る。

「もうすぐ八時だわ。すぐにお風呂に入れて寝かせなきゃ。……でも今日はおいしい夕ごはんをごちそうになれて癒《いや》されたし、本当に助かっちゃった。ありがとうね、楊さん」

やつれた顔をしていた綾乃さんが少し元気を取り戻したように見え、私の顔も自然とほころぶ。

「どういたしまして。また食べに来てください」

「ほんとにね……。本当に、また食べに来たいわ……。あら？」

綾乃さんはカウンターの上に置かれた料金箱の存在に初めて気づいたようだった。

「ティッシュ箱に『料金箱・一回五百円』って書いてある……？」

「あーそれはちょっと、よく来る子がね、作ったのよ」

姐姐が少し気まずそうに弁解する。

「今日は私がお誘いしたから料金はいらないです」

私も慌てて付け加える。私はただ、綾乃さんと希乃花ちゃんを助けたいという自分の欲求を満たしたくて、二人をごはんに誘ったのだ。お金をもらうつもりなんてない。

私たちの言葉を聞いて、綾乃さんはゆっくりと理解する。

「えーっともしかして、そのよく来る人がごはんを食べたら、ここに料金を入れていくの？」

「そうそう、妹妹の大学のお友達が食べに来るのよ。結構頻繁に来るから、その代わりに料金を払うようになってさ」

姐姐が説明すると、綾乃さんは考えごとをしながら、ぽつぽつと独り言を言う。

「そうか……料金を払って……頻繁に」

綾乃さん、もしかしてかなり、また来たいって思ってくれてる？

私が綾乃さんのお役に立てるのなら、ぜひまた来てほしい！

「私、将来は日本で台湾カフェ開きたいと思ってるんです。だから誰かが私の料理食べてくれると私も勉強になるので、本当にまた食べに来てください」

「ほんとに？」

怪訝《けげん》な顔で綾乃さんがたずねるので、私はブンブン、と首を縦に振った。

「はい、ほんとにまた来てほしいです。希乃花ちゃんにも綾乃さんにも、私のお料理食べてもっと笑顔になってもらいたくて。なんていうかそういうのが、私が生きてて一番やりたいことなんですっ！」

大切な想《おも》いを人に伝えるとき、どうしてこんなに感情が高ぶってしまうんだろう。もっと普通に伝えたいのに、声は裏返るし目頭が熱くなっていく。だけどそれでも想いを絞り出すみたいに、一生懸命にそう話した。そんな私の様子を少し気にしながらも、綾乃さんは遠慮がちに言った。

「あの……じゃあ一人につき一回五百円払うから、また来ていいかな？」

「ああはい。じゃ、連絡先交換しましょう！　夕ごはん食べたいなと思ったら、当日の五時くらいまでに連絡ください。そしたら間に合うので作れますから」

「ほんとにほんとにいいの？」

「はい。むしろお客さん増えると、私にとっては嬉しいことばかりです！」

「じゃ私、ほんとに来るからね!?」

綾乃さんが、だいぶ前のめりに確認する。私はまた、ブンブンと首を大きく縦に振る。

「ほんとに来てください。まだまだお出ししたい料理がたくさんあるので」

そう言うと、綾乃さんが叫んだ。

「すっごい嬉し――――」

心なしか綾乃さん、瞳が潤んでいる。

ほんとに心から、喜んでくれてるんだ！

みるみるうちに、私の身体中《からだじゅう》に幸福感が広がっていく。

「そんな喜んでもらえるなんて、私も嬉しいです！」

「だって、食べ物残してばかりの希乃花が、今日はいっぱい食べたんだもの」

「それはよかったです」

「それに私も、誰かが作ってくれる手料理を食べるなんて、普段はないことだからなんだか心があたたかくなって……」

私は綾乃さんの手を取り、言った。

「ちょっとでも疲れたとき、私の料理が食べたくなったとき、いつでも来てください」

◇◇◇

お風呂あがり。冷房の効いた部屋で涼もうと、氷水を手にリビングへ向かう。すると妹妹がソファーに身を預け、眠ってしまっていた。今日は暑い中歩き回ったし、急な来客で張り切っていたから、疲れてしまったのだろう。

「妹妹、ベッドで寝たら？　そのほうが休まるよ～」

隣に腰かけ、そっと肩を揺する。妹妹の小さな身体がくにゃくにゃ揺れる。

この子は私から見たらまだ子供みたいなものなのに、本当に毎日頑張っている。

「只要多一點點《ジーヤオドゥオイーディエンディエン》……」

眠たげにそう言いながら寝返りをうった妹妹は私の肩にこつりと額をぶつけ、ゆっくりと目を覚ました。

「あれ、私寝ちゃってたみたい」

「うん。今日は疲れちゃったんでしょ。ありがとうね、私の友達のためにごはん作ってくれて」

「いいの。それは私がやりたかったからやっただけ」

まぶたをこすり、妹妹はまだ眠たげにしている。

ちっちゃくってパワフルで、ちょっと無理してでも頑張ってしまう女の子。

私は気になっていたことをたずねてみることにした。

「前にさ、妹妹言ってたよね。自分の料理で誰かを笑顔にするために生きてるって。今日も綾乃たちに、もっと笑顔になってもらいたい、それが生きてて一番やりたいことって言ってたじゃん？　それで思い出してさ」

「ああ、うん」

「妹妹は、どうしてそう思うようになったの？」

「それはちょっと、暗い話」

そう言うと妹妹は立ち上がった。

「飲み物もってくるね。なにか飲みながらゆっくり話したい」

「わかった……」

しばらくすると妹妹が、耐熱ガラスのマグを二つ手にして戻って来た。

「はーい、菊花茶《ジゥファーチャ》だよ。姐姐、こんなに冷房の効いた部屋で氷水なんか飲んでたら胃腸の調子が悪くなって、よけいに夏バテになるよ。菊花茶はね、ほてりを冷ましてくれて、夏バテにも効くって言われてるんだ～」

「お気遣いあざーす」

受け取ったマグの中をのぞきこむと、お湯の中にぽわぽわと、小ぶりな菊の花がいくつも咲いていた。

ふーふーしながらひと口。花の香りにも癒され、まるで身体の中から綺麗《きれい》になっていくみたい。

「この菊花茶はね、お母さんが送ってくれたの」

「そうなんだー、いいお母さんだね」

「うん。私はお父さんのこともお母さんのことも大好き。でも、昔はそうじゃなかった」

「そうなの？」

「うん」

ずずっとお茶をすすりながら、妹妹が話を続ける。

「私が子供の頃って、ちょうど楊食品《ヤンしょくひん》が急成長していた時期だったの。だからお父さんは忙しくてほとんど家に戻らなかったし、その頃八歳年下の弟が生まれたばかりだったから、お母さんも赤ちゃんのお世話とお父さんのお仕事のフォローで、すっごく忙しかった」

「そっか、大変だったんだね」

妹妹はうつむいたまま、うなずいた。

「うん。それで私はね、ひとりぼっちで過ごす時間が多かった。そんな私を救ってくれたのが、テレビ番組とおばあちゃんだったの」

「テレビと、おばあちゃん」

「そう。テレビを見ている間は、寂しさも忘れて笑っていられた。特に日本のバラエティ番組や歌番組は面白くて、何度も笑顔にさせてもらった」

「そっか。だから日本語にも詳しくなって、日本でお店をやりたいって思ったんだね」

「うん」

菊花茶を口に含みながら考える。妹妹がこんな話を聞かせてくれるのは初めてのことだ。きっとこの話は妹妹にとって、誰にでもできる話じゃない。それでも私にはこうして話してくれている。だから一粒残らず、妹妹の想いを受け取りたい。

「あと、私が飲食店をやりたいのはね、おばあちゃんの影響なの。おばあちゃんって元々は台南《たいなん》の人だったんだけど、おじいちゃんと結婚するときに台北《たいぺい》に出てきて、二人で台北で食堂を開いたの。そのお店が繁盛したのがきっかけで、段々事業が大きくなっていって楊食品になったんだけどね」

「へえ〜。元々は食堂だったんだ」

「うん。おばあちゃんはお料理が上手だったし、かっこよくてあったかくて、頼りになる人だった。ちょっと姐姐に似てる」

「ええ？　そんな頼もしい人と私とじゃ、全然似てないでしょ？」

「まー、姐姐お料理はできないけどね。でも雰囲気は少しだけ似てる。おばあちゃんは近所に住んでたんだけど、忙しい両親の代わりに毎日小学校に私を迎えに来てくれて、帰り道で色んな話を聞いてくれて、おいしい夕ごはんを作ってくれた」

「そっか。じゃあ妹妹は、おばあちゃんには結構お世話になったんだね」

「そうなの。おばあちゃんとおいしいごはんのおかげで、私は笑顔になれた。おばあちゃんとの時間だけ、寂しくなかった」

「うんうん……」

おばあちゃんのことを思い出したのか、妹妹の表情がふんわりと明るくなる。

「私はおばあちゃんから、色んなお料理を教わったの。一緒にお料理しながら、昔食堂をやっていたときにはこんなことがあった、ってお話を聞くのが楽しかった。だから私も将来は自分のお料理で人を笑顔にする仕事がしたいって思ったの」

「そうだったんだね」

妹妹がお料理で誰かを笑顔にしたいって思うのには、深いわけがあったんだ。

そういえば妹妹が私と暮らすのを楽しみにしていたのだって、一人暮らしでろくな食生活を送っていない私のために料理がしたいから、だったんだよなあ。

本当に、その想いが妹妹の人生を突き動かしているんだな。

「でもそういえば、おばあちゃんってもう亡くなられてるんだったよね？」

「うん。四年前に病気で亡くなったの。その頃から、私は家族の分のお料理を担当して弟の面倒もみるようになった。両親が自分たちの生活のために忙しく働いてくれているんだってことも段々わかるようになってきてたから、今度は私がおばあちゃんの代わりに家族を支えたいって思って」

「そう……。妹妹はほんとに偉いね」

「えへへ。だからね、希乃花ちゃんを見て、なんとなく放っておけなかったの。希乃花ちゃんを笑顔にすることで、私は子供の頃の自分を救えたような気持ちになったのかも」

照れたように笑いながら、妹妹が菊花茶をすする。

うーんでも、なんだろうなんだろう。

段々妹妹のこと、心配になってきた。

その想いだけで突き進んでいったら、妹妹がすり減ってしまいそうな気がして。

「だけどさ、今の妹妹だってもっと人に甘えていいし、今の自分のためにも生きてほしいって思うよ」

思わずそう言った私の顔を、妹妹が見上げる。

「今の、自分のため？」

「うん。誰かのために頑張れるの、すごくいいことだけど……。たぶんさ、妹妹のおばあちゃんだって、人のためだけに生きてたわけじゃないと思う。自分のために過ごした時間もあったんじゃないかな……どうかな？」

「あっ……」

突然、目をまんまるくして妹妹が小さく叫んだ。

「そういえばおばあちゃん、よく旅行に行ってたし、派手な服ばっか着てた」

「そうそう、そんな感じで……。妹妹は、結構人のために頑張ってる気がしたから。そうだ、今度から休みの日には、妹妹が自分のためにやりたいことをするようにしようよ！

せっかく日本に来てるのに、たいして出かけてないしさあ」

「私のためにやりたいこと」

うーん、と妹妹が考え込む。

「ちょっと、時間がほしい」

「うんうん。ゆっくり考えて、なにか思いついたらいつでも言ってよ」

「わかった」

こくり、と妹妹はうなずいた。


九月中旬のある日のこと。いつも通り営業所でラジオを聴きながら仕事をしていると、電話がかかってきた。電話機のディスプレイには浅草《あさくさ》本社と表示されている。

「はい、西東京《にしとうきょう》営業所、松沢《まつざわ》です」

「あ、松沢さんお疲れさま。総務の蓬田《よもぎだ》です。どう？　最近は。そろそろ本社に来たくなったんじゃないの」

「いえ、全然……。私、本社の事務所に入ると眩暈《めまい》がするんですよ。高層階すぎて」

私は以前、本社の総務部に異動しないかという話を持ち掛けられたことがあるのだ。総務の蓬田課長はうちの社内では数少ない女性管理職の一人なのだけれど、なぜか私のことを高く買ってくれていて、ぜひ本社へ来てほしいと言われた。

だが私は、そのお話を丁重にお断りした。気楽に振る舞える営業所勤務のほうが性に合っているからだ。本社事務所は営業所と比べたらずっと立派なビルの高層階のワンフロアを間借りしており、常にしーんと静まり返っているし、周りは出世コースの人やらお偉いさんだらけ。数人の事務担当やシステム担当も、真面目そうな人ばかり。とても私には馴《な》染《じ》めそうもない。

とはいえそんな本社の事務所内で蓬田課長が多少浮いていることも確かだ。五十代の蓬田課長は常にバッチリメイクでブランド品を身に着け、男勝りな性格な上にハキハキした物言いで声も大きい。

私からすれば陽気で面白い人なのだけれど、本社では怖がられているようだ。

「あらそう。高いところが苦手なのねぇ、残念。ま、それはいいとして。ちょっとお願いがあるのよぉ！　聞いてもらえる？」

「お、お願いですか？」

嫌な予感がする。蓬田課長がやけに明るい口調のときにはろくなことが起こらないのだ。

「松沢さん、どうせ噂《うわさ》で耳にしているでしょうけど、来年度から売上管理のシステムが新システムに移行になるのよ」

「ああはい、ちょっとその話は知ってます」

ちょっとどころではない。最近、他営業所の事務さんたちはその話題で持ち切りで、きっと面倒なことになる、ろくなことが起こらないと皆不安がっている。

「でね、そのシステムを一斉導入する前に、きちんと稼働するかどうかテストしておく必要があるわけよ。実際動かしてみないと、問題点がわからないでしょ？」

「はあ、なるほど……」

まずい。これはまずいぞ。

「だから、テスト営業所で先行して新システムを導入して、問題点を洗い出す必要があるのね。そのテスト営業所に選ばれたのが、西東京営業所ってわけ」

「えええ……」

「おめでとうございまーす！　なあんて。あはははは！　そういうわけで、蓮見《はすみ》所長、お願いできる？」

「はい、少々お待ちください」

がっくりとうなだれながら、保留ボタンを押して受話器を置く。

「所長、本社総務の蓬田課長から、お電話です……」

「えっ、蓬田さん？」

所長もなにかを察したのか、表情がこわばった。

結局テスト営業所になることを回避することなどできず、来月から西東京営業所に新システムが導入されることになった。

「で、そのための勉強会をするから、今週の金曜日に本社に来るように、だってさ」

「浅草かあ……。電車で一時間以上かかりますね」

大抵、新システムを導入してなんの問題も起こらないことなどない。この先しばらくは仕事の負担が増えることを考えると、ため息しか出てこない。

「はあ……」

「まあまあ松沢さん、そうがっかりしないで。勉強会、二時頃には終わるみたいだよ。その日はそのまま直帰でいいからさ。俺は夜にミーティングあるから、営業所に戻らないとだけど……。そうだ、俺も時間空くし、勉強会が終わったら浅草で甘味でもおごるよ」

「あ、ほんとですか？」

人間とは単純なもので、憂鬱な状況の中でも自分に利益が発生すれば少し元気が出てしまう。二時に仕事が終わる上に、浅草で甘味かあ。新システムがどんなものなのかは不安でしかないけど……。

「楽しみになってきました、浅草」

半分本当の気持ちで、もう半分はやけくその気持ちで、私は所長にそう言った。

夕食後、妹妹とお茶を飲みながらダラダラとテレビを見る。

お笑い芸人が街ブラをする番組で、ゆるい雰囲気で楽しめるからか、なんとなく毎週この番組を見るのが習慣のようになっている。

「わぁ、今日は浅草だって。そういえば日本の観光ガイドにも浅草ってよくのってるけど、私まだ行ったことなかったな」

妹妹は楽しそうにそう言ったが、私はため息をついた。

「ああ、浅草か……」

「え？　姐姐、浅草がどうかしたの？」

「いやー、実はうちの本社が浅草にあるんだけどね」

それから一通り、新システム導入の勉強会で金曜日に浅草に行かなければならなくなったことを説明する。

「だからもう憂鬱で……」

話しているだけでグッタリしてきたのだが、妹妹は瞳を輝かせて言った。

「すごいじゃない、姐姐！　大抜擢《だいばってき》ね！」

「いやいやいや……。そんな大抜擢、されたくないって」

「だけど、姐姐が頼りになるから、テスト営業所になったんでしょ？」

「まあ私、勤続年数が短いほうじゃないからそういう部分はあるだろうけど。あと営業所の規模とか売上とか、色々が丁度よかったんだろうね」

「へーそっか、金曜日には浅草に……」

そう言いながら、妹妹はテレビ画面を眺める。テレビの中ではお笑い芸人が、仲見世《なかみせ》通りで団子を手に持ったまま見得を切っている。

「私もその日、浅草に行きたーい！　姐姐と一緒なら、電車の乗り換えを間違ったりもしなさそうだし」

「ええ？　でも私、二時まで仕事だよ？」

「お仕事終わった後、ちょっと食事したりお土産屋さん見たりとかはできない？」

「まあそれはできるけど」

「私最近すごく暇だったの」

不満げな顔で妹妹が言う。

確かに大学が夏休みに入ってからというもの、妹妹は結構暇そうだ。九月の頭には一度台湾に帰ったのだが、向こうでも特にやることもなかったようで、一週間程ですぐまた日本に戻ってきた。それからまだ数日しか経《た》っていないが、慧もバイトが忙しいようだし、たまに誰かが来る日に夕ごはんでもてなすくらいしか用事がなく、既に暇を持て余し始めている。

「学校、九月末まで夏休みなんだよねー。八月にはピチ子《こ》のイベントもあったけど、しばらくそういう予定もないし。一人で旅行って気持ちにもならないし」

「まー、せっかく日本にいるんだし、ほんとはもっと日本の文化を体感できるような場所を楽しんでほしいけどね。私は仕事があってなかなか旅行に行けないし。……じゃあ浅草、一緒に行く？」

「うん！」

「でも一人で過ごす時間も結構長くなっちゃうけど大丈夫？」

するとテレビの画面の中に、緑色の人影が現れた。先程のお笑い芸人が河童《かっぱ》のコスプレをしている。

《わしは河童じゃあぁ！　河童がかっぱ橋《ばし》に来たんじゃあぁ！》

《スベっとるからやめーや》

そのやりとりを妹妹が不思議そうに眺める。

「姐姐、この河童のいる場所も浅草？」

「そうだよ」

お笑い芸人たちはそのままかっぱ橋道具街の街ブラを始めた。調理器具や食器を扱うお店が立ち並んでいる。

「あーそうそう、かっぱ橋ってこういうとこだったな……」

すると隣でテレビを見ていた妹妹が身を乗り出し、画面を指さしながら叫んだ。

「私、絶対絶対絶対絶対絶対この場所にいきた――――い！」

金曜日の午後二時過ぎ、勉強会を終えた私と所長は、新システムの担当者と蓬田課長に別れの挨拶をする。

「それでは、月末のシステム導入時には営業所にうかがいますので。松沢さんには色々とご面倒をおかけすることになるかと思いますが、よろしくお願い致します」

「いえいえ、こちらこそよろしくお願いします」

システム担当さん、新システム導入の件では苦労されている様子だ。正直勉強会に来るまでは新システムのことが憂鬱でしかなかったが、自分が役に立てそうなことが色々あることに気づき、すっかり気持ちが前向きになった。なるべく円滑に事が進むよう、最大限頑張ってみたいなと思う。

「松沢さん、気が変わったらいつでも本社へ」

にこやかにそう言う蓬田課長に、苦笑いしながら首を振る。

「いえいえ、もう今日一日だけで、本社の空気はお腹《なか》いっぱいですよ。あの緊張感にはとても耐えられそうにないですから……」

「だから来てほしいのに。誰かあの空気をぶっ壊す人がいないとつまんないでしょ？」

「私って雰囲気クラッシャーだったんですか⁉」

おかしいな。会社では一応、最低限の社会人らしい振る舞いを心掛けているはずが。

まいっかー。

ひとしきり談笑した後、私と蓮見所長は本社を出た。

「ふぅー。短い時間だったのに、なんだかどっと疲れたよ」

蓮見所長はそう言って苦笑いする。

「ですねぇ。もう肩も背中も凝っちゃいました」

私も顔を歪《ゆが》めながら肩をまわす。あんな張りつめた空気の中で毎日働くなんて、とっても考えられないな。

「じゃ、約束したことだし甘味処《かんみどころ》にでも……」

所長がそう言いだしたところで、私はハッとした。

「あそっか！　そういう話をしていたんでしたね」

甘味をおごってもらえると聞いたときには喜んでいたのに、すっかり忘れてしまっていた。この後すぐ妹妹と合流する予定なのだ。ゆっくり甘味処になんて立ち寄っていたら、小一時間くらいは経ってしまいそうだし……。

「どうかした？　もし用事があるなら全然、そっちを優先してもらえれば」

私を気づかうように所長はそう言う。わあ、なんだか申し訳ない。

「すみません……。実は妹妹も今浅草に来てるんですよ。それでこの後、一緒に浅草を回ろうかって話になってて」

「あ、そうだったの？　そしたら……」

すこし考えてから、所長は言った。

「もしよければ、妹妹ちゃんにも甘味をおごってあげるよ。いつも松沢さんの話に出てくる妹妹ちゃんがどんな子なのか、会ってみたいしさ」

「え、いいんですか？」

「うん。まあ妹妹ちゃんが嫌でなければ」

「ちょっと連絡してみます！」

私はすぐに妹妹にメッセージを送る。すると秒で返信が来た。

「あ、妹妹も、所長に会ってみたいそうです。今かっぱ橋道具街にいるらしいんで、こっちのほうに来るのには十五分くらいかかるっぽいんですけど」

「あほんと？　じゃあさ、ここのフルーツパーラーに向かってもらって。今いる場所とかっぱ橋の中間地点くらいにあるから、直接そこで落ち合おう」

所長から送られた地図のリンクを妹妹に転送する。

「だけど、浅草で甘味っていったらあんみつとかかと思ったら、フルーツパーラーですか」

「あ、あんみつのほうがよかった？」

「いや、そんなことはないですけど」

「ここのフルーツパーラーのパフェ、めちゃくちゃおいしいんだよ。一度は食べたほうがいいよ」

「そうでしたか。そこまで言うんだったら、相当おいしいんでしょうね」

「まかせといて。まあ松沢さんの人生で一番おいしいパフェになると思うから」

「言いますねえ」

私たちはフルーツパーラーに向かって歩き始めた。

フルーツパーラーの前で待っていると、妹妹がやってきた。

なんていうか、本当に「やってきた」という様子で、やってきた。

きっとたくさん買い物をしたんだろう、右肩にかけている大きなトートバッグはパンパンで、色んなものがはみ出している。それをちっちゃな妹妹がなんとか抱え、えっちらおっちら歩いてくる。

私たちを見つけると、妹妹はパッと表情を明るくして走り出そうとしたので、急いでそれを制止する。

「やめなー！　転ぶから」

慌てて駆け寄り、トートバッグを引き受ける。

――ズシッ。

重っ！

「ごめん姐姐、ちょっと色々素敵な食器や珍しい道具がありすぎて、買いすぎちゃったの」

「すごく満喫できたみたいだね、かっぱ橋」

「うん。楽しすぎた」

そしてよろよろと店の前に到着し、妹妹はぺこりと所長に頭を下げる。

「いつも姐姐がお世話になってます」

「いえいえ、こちらこそ松沢さんがお世話になってますって気持ちだよ」

「どういうことですかそれ」

思わずつっこみを入れる。

「ははは、まあいいじゃないの。じゃあさっそく店に入ろうか」

所長は笑ってごまかしながら、フルーツパーラーへと入っていく。

お店に足を踏み入れた途端、フレッシュな果物の放つかぐわしい香りに包まれた。

まだなにも食べてなくてもわかる。このお店の果物は絶対においしい。

席に着き、メニューを見る。本日のフルーツパフェをはじめとして、季節のフルーツを使った様々なパフェがあるようだ。

「えー、ぶどうのパフェもいいけど、いちじくのパフェも気になるぅ」

眉をひそめ、真剣にメニュー表を睨《にら》む。いくら睨んでももう読み終わった文字しか書いていないのに、ひたすら睨みながら悩む。ただ、実はもう食べたいものはほぼ決まっている。だが値段が少々気にかかる。

「どれもおいしそうで全部食べたい……」

妹妹はよだれが出そうなのか、口をきゅっと一文字に結びながらメニュー表を見ている。

「二人とも、値段は気にしないで頼んでいいからね。好きなのにして」

「いいんですね？　本当に好きなの頼みますよ」

「どうぞどうぞ。おいしいって思ってもらえたほうが俺も嬉《うれ》しいから、本当に食べたいやつにしなよ。二人ともなかなか来ないでしょ、浅草なんて」

「じゃあ、いちじくのデスッ」

気合を入れてそう答える。いちじくのパフェ、二千円。人のお金とはいえ……いや、人のお金だからこそ、二千円のパフェを注文するのには少し勇気がいる。

すると妹妹も神妙な面持ちのまま、私に続いた。

「私は、ぶどうのデスッ」

ぶどうのパフェ、二千円。

「ぷっ……。はいはい。すいませーん！　注文いいですか」

所長は半笑いのままパフェを注文した。所長がこんなに楽しそうにしてるのって、なかなか珍しいかも。

「お待たせいたしました〜」

テーブルに注文したパフェが三つ届いた。

いちじくのパフェと、ぶどうのパフェ、そして所長のメロンパフェ。

「いただきまーす」

ひとくち食べ、ふたくち食べ、みくち食べ。

「嘘《うそ》でしょ？」

嘘かと思うくらい、おいしい。

果物がまず、今まで食べていたものとはきめの細やかさも密度も香りも段違いだ。そして生クリームも質がよく、フルーツとの相性ぴったり。

正直、なかなか理想的なパフェに出会うのって難しいことな気がする。日常的に利用するカジュアルな店でパフェを注文すると、生クリームではなくてソフトクリームやホイップクリームだったり、生クリームだったとしても、やけにふわふわしていたり。

でもこのパフェの生クリームは、まさに理想的な生クリームなのだ。ちょうどいい密度とコク、フレッシュなミルク感。そして適度なボリュームもある。さらにフルーツは極上。

「なるほどね……」

もうここまでだと、笑えてくる。

「所長、今私が食べているパフェが、人生で一番おいしいパフェになりそうです」

「そうでしょ⁉」

普段無表情なくせに、いつになく嬉しげに所長は声を張り上げ、目じりに皺《しわ》をよせながら笑った。

「妹妹ちゃんはどう？　お口に合ったかな」

所長がたずねると、妹妹はコクコクうなずいた。

「はいもう、ほんとに。私にとっても人生で一番おいしいパフェです」

妹妹は「なんでこんなにおいしいんだろう」という顔でパフェを真剣に見つめていて、それが面白くてまた私は笑ってしまった。

しばらくは無言でパフェに集中していた私たちだったが、ひとしきりおいしさにひたった後、次第に気持ちも落ち着いてきて、少しずつ会話を始めた。

「だけど妹妹ちゃん、日本が好きで来たとはいえ、寂しくなるときもあるんじゃないの？」

生クリームの山をスプーンで崩しながら所長が妹妹にたずねる。

「いえ、それが全然なんです。最初のうちはちょっと心細い気持ちもあったんですけど、今は同じ学部の友達もいるし、家には姐姐がいますからね。もうこっちでの生活が私の日常になってますから」

「そっかあ、すごいなあ。俺なんてちょっと海外旅行いっただけですぐ日本食が恋しくなったり……。あ、でもそこは妹妹ちゃんの場合大丈夫か。自分で毎日故郷の味を再現してるわけだから」

「確かに言われてみれば、自分で料理を作っているせいかそこまで台湾の味が恋しくなってないですね。向こうで私が好きだったお菓子は両親が送ってくれるし……」

「食べ物って大事だからねえ。好きな物食べるとそれだけで心が元気になるから」

「ですね」

妹妹がふふっと笑った。初対面の所長に対する緊張感が、少しほぐれてきたみたいだ。

「わかるわかるー。だから私、ビールも甘いものも揚げ物も、特に我慢してないんですよ」

唇についた生クリームを指で拭いながら私がそう言うと、所長は眉をひそめた。

「松沢さんの場合は、少し気をつけたほうがいいと思うけどね。特にお酒は……」

「いえいえ、たしなむ程度にしか飲んでませんから」

「だったらまあいいけど」

それでもまだ浮かない顔をしている所長に妹妹が言った。

「大丈夫です、私が飲み過ぎないように見張っておきますから」

「そっか、それなら安心だ」

所長と妹妹は顔を見合わせて笑った。


パフェを食べ終え、店を出る。

「所長、ごちそうさまでした」

「いや、おいしさを共感してもらえて俺も嬉しかったよ。妹妹ちゃんにも会えたしね」

「ありがとうございます、私までごちそうになって。でもあんなにおいしいパフェ、知らないままだったら人生損するところでした」

「あはは……。すごいねえ、人生損するとか、そういう言いまわしまで自然と使っちゃうんだから」

私たちは話しながら、駅のほうへ向かって歩きはじめる。

するとと程なくして、たくさんの居酒屋が軒を連ねる通りへと出た。まだ午後三時過ぎだが、真っ昼間からたくさんのお客が屋台のように張り出した外の席で飲み食いして盛り上がっている。

その様子を眺めながら妹妹が言った。

「わぁ……。なんだかちょっと、台湾みたい」

「そういえばそんな雰囲気かも」

レトロで人々に活気があって、なんだか見ているこっちまで楽しい気分になってくる。

「ここはホッピー通りだね。あー、夜のミーティングさえなければここで一杯やっていきたいところなんだけど」

所長は残念そうに肩を落とした。

「でも浅草って結構見どころ多いですねー。花《はな》やしきもあるし、浅草寺《せんそうじ》もあるし」

「だねぇ。そういえば、二人はこの後どうするの？」

「私たちは……とりあえず仲見世通りで食べ歩きとか？」

妹妹を見ながらたずねると、妹妹もうなずいて言った。

「食べ歩き、行きたい」

「じゃあ、そっちのほうに向かって歩いていこうか。いいなあ食べ歩き。俺もミーティングさえなければ……」

ふたたびがっかりしている所長を見て気の毒になってきた。

「まあそう気を落とさないでくださいよー。さっきのパフェのお礼に、おみやげでも買って来週会社に持っていきますから」

「だって、食べ歩きってできたての物を食べるからいいんじゃない。その場でしか食べられない物もあるしさ。いいなあ二人とも。浅草を満喫かー。はぁ、俺だって花やしきでローラーコースターに乗りたいのに」

「いやいや、私たち今日は花やしきに行かないですから。それに絶対、ローラーコースターに乗りたいとか思ってないですよね」

「姐姐、そんなこと言ったら可哀想《かわいそう》だよ。所長さん、本当にがっかりしてる。きっとすごくローラーコースターに乗りたかったんだよ」

「いやあ、ごめん妹妹ちゃん、心配させちゃって。俺実は、そこまでローラーコースターに乗りたかったわけでもないんだ」

「だけど顔がとても暗いじゃないですか！」

妹妹が真剣な顔でそう言ったので、所長は余計にしょんぼりした。

「顔がとても暗い……。どうかな、考えてみれば俺、普段から顔はとても暗いんだよね。ほら、不幸って顔に出るからさ。ははは……」

そうこうしているうちに、私たちは仲見世通りにたどり着いた。

「じゃ、俺は駅に向かうんで」

「おつかれさまでーす」

「今日はありがとうございました」

「いえいえ。おかげで俺もちょっとだけ、浅草を満喫できたよ。ではでは」

所長はぐにゃぐにゃ手を振りながら、ヨボヨボと去って行った。

「大丈夫かなあ、所長さん」

まだ心配そうな妹妹に、笑って答える。

「大丈夫だよ。楽しかったから名残惜しかったんでしょ。会社でおやつタイムができるように、なんかおいしそうなもの、見つけてってあげよっと」

「それがいいね」

さてと、と仲見世通りを歩き始めると、魅力的な食べ物屋さんがずらりと並んでいることに気づいた。

「……揚げまんじゅうはマストでしょ？　え、ちょうちんもなか？　中身がアイス？　それも絶対食べないと」

「姐姐、江戸時代のきびだんごだって。江戸時代のきびだんごだよ？　食べないわけがない」

「さっきパフェ食べたばかりだけど……まだいける？」

「いける！」

妹妹はきっぱりとそう言い切った。

「よし、じゃあ行こう。まずは江戸時代のきびだんごだ」

私たちは意を決して、きびだんご屋へと向かった。


「ふぅ……」

お腹《なか》いっぱい食べ歩きをして、所長へのおみやげに人形焼も買って。気づけば日が傾き始めている。

「もう五時過ぎかあ〜。どうする？　今日はとても夕ごはんを食べられそうにないし……。適当に土産屋でも見てから帰る？」

「そうだね。慧ちゃんになにか買いたいかも……。というか実は午前中にね、迷ったけど買わなかったものがあって」

「え、そうだったの？　じゃあそのお店に行ってみる？」

「でも、かっぱ橋のお店だから結構歩かなきゃだよ。それにあの辺のお店は閉店時間が早いみたいだったから、もう閉まってるかも」

「なんていう名前のお店だったか、覚えてる？」

「えーっと確か……」

妹妹から聞いた店名をネットで調べる。

「あ、そのお店、六時までやってるみたいだよ。いますぐ行けば間に合うんじゃない？　ここから徒歩十分だって」

「姐姐、今日はお仕事もあったし疲れてない？」

「全然平気。せっかく来たんだし、気になってるなら行ってみようよ」

「うん」

二人で仲見世通りを抜け、かっぱ橋方面へと向かう。もう時間がギリギリだから、少しでも妹妹がお店をゆっくり見られるようにと思って、自然と早足になる。

「姐姐、なんか今日はさ、すごく楽しかった」

後ろからついてくる妹妹が声を弾ませる。

「そりゃ、よかった」

早足で歩きながらも振り返り、大きな声で答える。

そして到着した食器屋の前で、妹妹は立ち止まった。

「これ……」

食器屋の前にある「特価セール」と貼り紙されたワゴンの中には、様々なデザインの美《み》濃焼《のやき》のお茶碗《ちゃわん》がお値打ち価格で売られている。

「私ね、みんなのお茶碗があったらいいなって最近思ってたの。一応家にある器でなんとか用は足りてるけど、慧ちゃんも綾乃さんも希乃花ちゃんもうちによく来るから、みんなそれぞれのお茶碗があったら、楽しいなって」

「確かに。それいいね！　じゃあお姉さんが買うから、みんなのイメージに合ったお茶碗を選ぼうよ！」

「わーい」

それから私と妹妹は、お茶碗を一つ一つ手に取りながら、三人のイメージに合うものはどれなのか、真剣に選んだ。

慧ちゃんは可愛《かわい》らしくて飾らない性格だから、風合いを生かしたシンプルなピンクベージュのお茶碗。

綾乃は大人の女性らしさがあって優しい性格だから、淡い紫色の花が描かれていて、丸みを帯びた形状のお茶碗。

希乃花ちゃんは楽しいことが大好きだから、うさぎさんがぴょんぴょん跳ねている小さなお茶碗。

「ありがとうございましたー」

茶碗の入った紙袋を手に、店を出る。

「ギリギリ間に合ってよかった。いいのが選べたし」

そう言うと、妹妹は笑顔になる。

「これでもっと、夕ごはんの時間が楽しくなるね」

半分こにした荷物を抱え、やっとのことで田無駅にたどり着いた。

「あー、さすがに疲れた！」

「姐姐、あともうちょっとだよ」

二人並んで駅からマンションまでの道を歩き始める。

たくさん街歩きをした後に乗り換えしながら電車に一時間乗って、駅からまた歩いて。

今日は久々に、足が棒になりそう。

「ありがとね、姐姐のおかげですっごく充実した一日になったよ」

「やーでも、今日は本当に楽しかったねー」

「ねえ、姐姐。私、今の自分のためにやりたいこと見つけた」

「お、なになに？」

思わず妹妹の顔をのぞきこむ。そう言ってくれるときを、ずっと待ってたんだよね。

妹妹はほんのり頬を紅《あか》く染め、私の様子をうかがうようにしながら言った。

「私ね、たまにこうやって姐姐とちょっと遠い場所に出かけて、おいしいものの食べ歩きをしたい」

「いいねいいねー！　またどっか行こうよ」

「ほんと？」

「もちろん！　お安い御用だよ」

そんなの私だって行きたいし。妹妹と色んな場所で食べ歩きしたら、きっと楽しいだろうなあ。

「そっか。……ありがと。今日色んなおいしいもの食べてみて、せっかく日本に来たんだから日本の食文化をもっと知りたいなって思って」

「そうだよー。日本には色んなおいしいものがあるもん」

「ちなみに姐姐の好きな日本の食べ物ってなに？」

「えー、そんなのいっぱいあるよー。仙台《せんだい》の牛タン、大阪《おおさか》の肉吸い、金沢《かなざわ》カレーに徳島《とくしま》ラーメン、沖縄《おきなわ》のソーキそば……」

「初めて聞く食べ物の名前がいっぱいだった気がする……ねえ、部屋についたらもう一度言ってもらえる？　メモするから」

「いや、メモしてもらうほど大したことは言ってないから」

思わず苦笑する。妹妹は真面目な顔になり、私を見上げ、言った。

「この前姐姐に、今の自分のためにも生きてって言われて、それから自分のこと、ちょっと見つめ直してたの」

「そうだったんだ」

「おばあちゃんみたいな人になりたい、人を笑顔にしたいって想《おも》いも私にとってすごく重要だけど、まずは自分を大事にしなきゃなんだよなって。だけどあらためて考えてみると、自分を大事にするってことがどういうことなのか、っていうのが難しくて」

「そう？　私なんか、考えなくても自分の好きにズボラに生きちゃってるなー」

思わず苦笑してしまう。おいしいものとお酒が好きで、貯金もできず……。自分ってわりと欲望のままに生きている気がしてきた。

妹妹は、真剣な表情で話を続けた。

「だけどね、今日姐姐と食べ歩きして、楽しかったの。そのとき、思ったんだよね。ほんとはもっと、姐姐とこういう時間を過ごしたいなって。それって私のわがままだなと思うんだけど、純粋な気持ちを大切にしてわがままを言うことが、私には必要なのかなって」

ああ、となにかが腑《ふ》に落ちた。

「そうそう！　きっとそうだよ！　私、妹妹にもっとわがまま言ってほしいし。私だって、妹妹が喜んでくれたら嬉《うれ》しいからさ。それに人の幸せが自分の幸せとは言っても、人のために尽くしてばかりじゃ、疲弊しちゃうよ。常にあらゆる人に尽くすこともできないし。今は疲れてるから休もう、自分のことを優先しよう、って思うときがあってもいいんじゃない？」

「そっか」

妹妹の表情がふっと緩んだ。私が「今の自分のためにも生きてほしい」って言ったから、すごく真剣に考えてくれてたんだな。

「あとね、自分が楽しもうって気持ちで世の中を見ていたら、おばあちゃんみたいな人になりたいことと楽しむことは、別々のことじゃないなって思ったの。ちょっとずつ重なってて」

「なんとなくわかるような。楽しいから食べ歩きしたら、将来飲食店を開くときのアイディアにつながる、とかね」

「そうそう。それに気づいたから、なにかから解放されたような、世界が広がったような感じがする。私は、なにかにとらわれていた気がする」

「そっか。よかった。私、妹妹にはなるべく楽しく生きていってほしいもん」

「私のことが、好きだから？」

くりくりっとまんまるい瞳を輝かせる妹妹に、私は照れながら言った。

「そーだよっ！」

「ひゃー！」

「ひゃーじゃねんだよ」

マンションにたどり着いた私たちは、笑いながら階段を上っていく。

私は誰かに笑ってもらうために生きてるつもりはない。

でも、一緒にいる人が笑顔になってくれるのってこんなに嬉しかったっけって、妹妹と暮らすようになって思い出したかも。

それまでは一人で、自分のごきげんだけとって生きてきたし。それで楽な気がしてたけど、味気なくもあったような。

んー考えてみれば、私ってそこまで誰かを「特別」に思ったこと、あんまなかったのかな。

世の中色んな良さを持った人がいて、私は結構どんな人でも、人それぞれでいいのではないでしょーかって思う。違う味わいがあるなあって思う。

だけどその中で、誰かが自分にとって特別な人間になるのは、自分がその人にかけた時間と心が費やしたエネルギーが相手を特別にしていくからなんじゃないかな。

一緒に辛《つら》い時間も楽しい時間も共有した分、相手のために心を砕いた分、気持ちが通じ合った分……。

色んな魅力の人たちがいる中で、私には「特別」に、妹妹が輝いて見える。

だから妹妹が悲しむのはほっとけないし、妹妹には元気に笑っててほしい。

――トウケイエフエム、エイティ～。

いつも通りのラジオ番組に耳を傾けながら、郵便物の封筒に料金後納のスタンプをぽんぽん押していく。

「松沢さん、これも頼んでいい？」

「はいはい」

蓮見所長から渡された封筒を受け取る。

「普通郵便でいいですか？」

「うん、大丈夫。急ぎじゃないから、来週までに届けばそれで」

ふと、パソコンの画面下に表示されている時計に目をやる。お、ちょうど三時じゃないの。

私はゴソゴソと、バッグから人形焼の箱を取り出す。

「所長、これおみやげです」

「えー、ほんとに買ってきてくれたの？　別によかったのに」

「だけどこれがあるから、今日は三時のおやつができますよ」

「確かにそれはちょっと嬉しいな。じゃ松沢さん、一緒におやつ休憩にしようか。はー、パソコンの画面見すぎて目がかすむ」

所長は大きく伸びをしながら立ち上がった。そしてスタスタとコーヒーサーバーの元へ向かい、今日もマイルドブレンド・ブラックのボタンを押す。

「だけど所長ってなにげにグルメだったんですね。あんなおいしいパフェ屋さんを知ってるなんて」

「まあ、あれはたまたまだけどね。本社行くたび、浅草で飯食って帰ってたから。プラプラしてるうちに見つけたんだよ」

「なるほど。……そういえば、所長って普段自炊とかするんですか？」

「そりゃあ一応ね。毎日ってわけじゃないし、まあ作っても簡単なものだけどさ。焼きうどんとか一人鍋とかよくやるかな。昨日は買った弁当で済ませたけど……。松沢さんは、昨日の夕ごはんなんだったの？」

「昨日は鶏肉飯《ジーローファン》とあさりのスープでした」

「いいなあああ！」

所長が頭を抱えながら身もだえし始めた。

「ふふふ、とてもおいしかったですよ。とても」

「ずるいよ松沢さんは！」

「ええ、私ずるいので」

一瞬、所長もうちのごはんに呼んであげたらいいのでは？　という考えが頭をよぎる。

だがなんとなくその勇気はない。

毎日さんざんくだらない話をして過ごしているのに、不思議なもので「うちにごはん食べに来ませんか？」とは言いにくいんだよなあ。

妹妹には、学部の子とお友達になりたいなら自分から声をかけてみれば、なんて言ったくせに。自分のこととなると、軽口をたたき合う仲の人を食事に誘うことさえできない。


その日の夜は、慧、綾乃、希乃花ちゃんの三人が夕ごはんを食べにやって来た。

慧は既に綾乃と希乃花ちゃんと一緒に夕ごはんを食べたことがある。希乃花ちゃんは最近ファッションやヘアアレンジに興味が出てきたところみたいで、おしゃれな慧とはすぐに仲良くなった。

「けいちゃん！　きょうもみつあみで、ふたっつおだんごで、くまさんみたいにして！」

ぴょんぴょん跳ねてはしゃぎながらそう言う希乃花ちゃんを見て、慧が嬉しそうにする。

「いいよー。今日は希乃花ちゃんが来るっていうからさ、家から可愛《かわい》いリボン色々持ってきたんだよ」

「ほんとにぃ⁉　けいちゃん、だいすきー！」

さっそく、希乃花ちゃんは慧に髪を結んでもらっている。慧は髪にリボンをあみこんで、みるみるうちに希乃花ちゃんを華やかな髪型に変えていく。

「すごいねー慧は。そういえば私、未《いま》だにあみこみができないんだよ」

「そういえば夕夏って、中学生の頃もショートヘアだったよね。もしかして、ずっとそうなの？」

「うん、そうだよー。伸ばそうと思ったこともあったけど、肩まで伸びたあたりで髪がなかなかドライヤーで乾かなくなっちゃうからそれが面倒でさ」

「へぇー。理由が夕夏らしい」

くすくす、と綾乃が笑う。

「機能性重視なんでね」

「だけど短いの、夕夏に似合ってるよー」

「そりゃどうも」

キッチンから、ジャーっと油の跳ねる音がした。

「わあ、いい香り」

興味を惹《ひ》かれたように、綾乃がキッチンへと向かう。

「妹妹ちゃん、今日もありがとうね」

いつの間にか妹妹のことを「妹妹ちゃん」と呼ぶようになった綾乃が、キッチンで調理中の妹妹にお礼を言う。

「いえいえ。もうすぐできるので、ソファーでくつろいでいてください。あ、姐姐、これできてるからそっちに運んでー」

「了解」

おいしそうな海老《えび》と卵の炒《いた》め物《もの》をダイニングテーブルに運ぶと、それを見た綾乃が顔をほころばせる。

「うわぁー、おいしそう！　私、海老大好きなのよねえ」

「これおいしいんだよ。前に食べたことあるんだけどさ、海老はぷりっぷりだし、卵にも海老のうまみが沁《し》み込《こ》んでてしっとりふわふわで……」

すると妹妹がカウンターにトン、と次のおかずをのせる。肉豆腐だ。希乃花ちゃんはお豆腐が好きらしいから、これは喜びそう。

「姐姐、これもお願い」

「はいよっ」

カウンターからテーブルに、肉豆腐を移す。

「あとごはんね……」

妹妹は浅草で買ったお茶碗《ちゃわん》にごはんを盛り、次々にカウンターに並べていく。

「えっ!?　このお茶碗は……？」

綾乃が気づき、驚きの声を上げる。すると髪の毛をしばり終わった慧と希乃花ちゃんも、ちょこちょことカウンターのほうへ近づいてきた。

「あー、かわいいおちゃわんだー！　ねえ、ののか、うさぎさんのがいいー！」

「なんか、なんとなく僕のはピンクベージュのやつな気がする……。なんでだろ……」

慧も口をぽっかり開けてお茶碗を見つめている。

「このお茶碗ね、妹妹と二人で選んで買ったの。三人それぞれのイメージで」

「えー、わざわざ買ってくれたの？　ありがとー。私のはこの紫のかな？」

「そうそう」

カウンターの上のお茶碗を手に取りながら慧が瞳を輝かせる。

「わーい、マイ茶碗ってこと!?　もうここが僕の家みたいなもんじゃん」

「まあ、そう思ってくつろいでもらえたらいいかなって。浅草のおみやげ」

みんなそれぞれのお茶碗を手に取り、嬉《うれ》しそうだ。

お茶碗を見つめながら綾乃がぽつりと言った。

「私、安心してここにいて、いいんだね」

「なに言ってるの。当たり前でしょ」

驚いてたずねると、綾乃が涙ぐむ。

「なんか私、ずっと気を張ってたんだよね。希乃花との生活、自分一人でなんとかしなきゃと思ったり、会社でも外出するときも周りの迷惑になってないか心配して、謝ってまわったり。だけどここは、ホッとできる」

「なら、よかったじゃん。ここに来て綾乃がホッとできるなら、私も嬉しいな。綾乃と話してると学生時代みたいで楽しいしさー」

「そうだね。私も楽しい」

綾乃が笑った。ふいに中学時代の綾乃の姿が脳裏によぎる。綾乃は昔とは変わったなと正直最初は思っていた。希乃花ちゃんに話しかけるときはママの顔だし、不出来な私とは違って綾乃はきちんとした大人の女性らしい振る舞いができる。

だけどやっぱり綾乃は綾乃なんだ。自分の果たすべき責任のために、必要な役割に応じた自分を演じるときもあるだけで。

キッチンから出てきた妹妹が、さらりとエプロンを外す。

「じゃあみんな、ごはん食べよっか」

「希乃花、ママとこっちの低いテーブルで食べよ」

「うん」

みんなそれぞれの席に着く。

「いただきまーす」

「わーほんとおいしそー」

「海老がプリプリ」

和気あいあいとみんなで食事を始めて、ふと我に返る。

私の家、いつの間にこんなにあったかい場所になってたんだろ。

元々は散らかり放題で無駄に広くてガラーンとしてて、ビールの空き缶とお弁当のパッケージのゴミばっかりが増え続ける部屋だったのに。

ひとりぼっちで、スマホをポチポチしながら婚活の情報調べてたのに。

まさかこうやって気の置けない仲間たちと、ごはん食べるようになるなんて。

感慨に耽《ふけ》っていたら、肉豆腐をレンゲですくってごはんにかけながら慧が言った。

「ねー夕夏ちゃん。おすすめの漫画とかある?」

「えっ。んー、まあ色々あるけど……」

「なんかおすすめの面白い漫画あったら教えてほしいんだよね。バイト行くのに電車に乗ってる時間が長いから、最近よくスマホで漫画読んでてさ」

するとローテーブルでごはんを食べていた綾乃が話に入ってきた。

「私も最近はスマホで電子書籍読むことが増えたんだよね。漫画も結構読むよ」

「綾乃も漫画とか読むんだ?」

ちょっと驚いてたずねると、綾乃は笑って言った。

「希乃花の寝かしつけのときに布団でゴロゴロしながら読んだりするのよ。子育てのエッセイ漫画とかが多いけどね。共感できるし」

「そっかあ」

綾乃も隙をみて自分の時間を過ごしているんだと思うと、ちょっとだけホッとする。いつも大変そうだもの。

「その人子育て漫画だけじゃなくて色んなエッセイ漫画描いてて面白いのよ！　ねえ、ちょっとこれ読んでみて……」

綾乃はわざわざ立ち上がり、私と慧に漫画のページをうつした画面を見せに来た。

こうして今宵《こよい》も、みんなでワイワイやりながら食卓を囲む。そして、ふと思う。このささやかな幸せを、みんなが心の奥底で大事に思っているんだろうなって。

5　理想の人と、私らしさと。〜ほんのりあったか豆花〜

ついに私にも春が来たのかもしれない。

秋も深まりはじめた頃だというのに、婚活アプリの画面を見つめながら私はそんなことを思っていた。

——もう消しちゃおうかなと思って数ヵ月ぶりに開いた婚活アプリに、誰かから三件もメッセージが来てるううぅ！

おそるおそるメッセージを開く。その文面からは、相手男性が私に好意を抱いているということがひしひしと伝わってきた。

最後のメッセージは昨日の夜に来たばかりのものだったみたいだ。このメッセージにお返事がなければ仕方なくあきらめます、って書いてある。

「うそうそ……。申し訳なさすぎる……」

私は慌ててメッセージを返す。最近アプリ立ち上げてなくてメッセージチェックしてませんでした、すみません……。

その日から、私とその男性とのメッセージのやりとりが始まった。

栗井《あわい》亮介《りょうすけ》さん三十二歳。職業欄には公務員とだけ記載されていたが、やりとりをする中でどうやら都の職員らしいことはわかってきた。

身長は百七十八センチあり、健康的な身体《からだ》つき。趣味はスポーツとドライブで、週末になると自然豊かな場所へ旅に出て、ハイキングなどを楽しみながら風景写真を撮るのが最高の癒《いや》しなのだそうだ。

恋愛には積極的なほうではないが、仲の良《い》い両親の元で育った彼は、自分も両親のように深い絆《きずな》で結ばれたパートナーと出会い、家庭を築いていきたいとの思いから一念発起。婚活アプリに登録したのだという。

ちなみに彼の両親は同居を希望しておらず、また彼は非喫煙者であり、その上程よいレベルに顔立ちが整っている。

この程よいレベルというのが重要だ。あんまりアイドルみたいに顔が良すぎると自分に引け目を感じたり浮気の心配もしてしまいそうだが、彼の顔はそこまで良いわけではない。彼の顔には誰からもかっこいいと言われるような派手さはなく、しかし別段悪い箇所もなく、むしろどこか親しみを覚えるような愛嬌《あいきょう》が備わっている。

栗井さんが私に興味を持ったのは、私のプロフィール画像が気になったのがきっかけらしかった。

《プロフィール画像、出雲大社《いずもたいしゃ》の前で撮ったものですよね？　俺も出雲大社は好きで、何度かお参りに行ったことがあります。おいしいですよね、出雲ぜんざい》

私はプロフィール画像を、出雲大社を見上げる自分の後ろ姿に設定してある。数年前に友人と旅行したときに撮った画像だ。婚活アプリでは顔がわかる画像をのせたほうがマッチする可能性は上がるらしいのだけれど、私の場合こんな怖そうな顔をのせたのでは逆効果であろう。かといって自分の写真をのせないのもサクラのように思われてしまうかなと考え、迷った末に自分の姿がほぼわからない画像をのせておくことにしたのだ。

彼はその画像から、私のことを控えめで大人で信心深い女性だと感じ取ったようだ。本当は私、ガサツだし子供っぽいし、あらゆる神にはとりあえず祈っておくような節操のないやつなんだけど。

それから一日に二・三通ずつ粟井さんとメッセージのやりとりをするのが日課となった。

粟井さんは仕事が忙しいらしく、大抵メッセージは朝早めの時間か深夜に来る。私は夜更かしが好きなたちだから深夜に来たものはすぐ返信するし、朝来たものは昼休みにごはんを食べながらゆっくり返信したりする。

大してなにかが盛り上がっているようなやりとりでもないのだけれど、過去の婚活でこんな風にうまくいくことなんてなかったから、メッセージのやりとりが続くだけで嬉しくなってしまう。

その上彼は条件で言えば、婚活中の女子の多くが理想とするようなタイプの男性だ。

そんな人に私好かれてるのかも、と思うと正直、自己肯定感は上がる。

「わ、またメッセージ来てる。もー、毎日じゃん毎日。そんなに私と話したいかねぇ」

そんな独り言を漏らしつつも、内心ホクホク。思わず顔がにやけてしまい、誰も見ていないのに口元を手で隠しながらメッセージを読む。そしてメッセージを送るときには緊張しながら、なるべくきちんとした文章にしようと熟考してから返信する。

《おはようございます。今日はかなり冷え込むみたいですよ。体調に気をつけて、あったかくして出かけてくださいね》

正直こんなこと、直接会ってる人には言えない。自分の口からこんな言葉がスラスラとは出てこない。だけど文字だったら言える。

別に心にもないことではないのだ。本当にそう思ってはいる。でも柄にもないからリアルの世界では言えない。

思い返せば私、この先の人生で恋愛することなんてあるのかな？　って思うくらいそういうのから遠ざかってたけど、粟井さんは結婚相手として私のことを見てくれている。

粟井さん、本当に私でいいのかな。

粟井さんは私のこと、どんな人だと思ってるんだろう。メッセージでは気取っているしプロフィールもあの画像だし……。もしも実際に会って幻滅されたらどうしよう。

鏡の中の自分を見つめる。着古したジャージとひどい寝癖で髪の毛が爆発している自分の姿が映る。

「こりゃ……駄目だ……」

思わずそうつぶやいて、自分の顔を見て自分で笑う。

それでも胸の中がわくわくする感じは変わらない。

これから先、もしかしていいことが起こるんじゃないか。栗井さんのおかげで、そんな期待感を持ちながら日々を送ることができている。

おもむろに、部屋のカーテンをバサッと開ける。朝日がまぶしい。

日光をあびるとセロトニンが増えて気持ちが明るくなるんだって、そういえば栗井さんがこの前言ってたっけ。

「栗井さんと関わることで私、真人間になれるかも……」

背筋を反らしてぐっと伸びをしてから、私はキッチンへ向かった。

「おはよー姐姐《ジェジェ》」

キッチンでは既に妹妹《メィメィ》が朝ごはんを作り始めている。

今日は土曜日。私も妹妹も休みの日だからゆっくりダラダラ過ごせる。

「なに作ってるの？」

「蛋餅《ダンビン》」

「いええええええい」

嬉《うれ》しくて思わず小躍りをキメる。

「姐姐、喜んでくれるのは嬉しいけど、普通三十歳の女性はジャージ姿で踊ったりしない気がするよ」

「別にいいじゃーん、妹妹しかいないんだし」

「そういえば姐姐って、外に出るときもジーンズとTシャツとか、かっこいいジャケット羽織ったりするよね」

「ああ、ライダースジャケットのこと？　あれ本革なんだよ。気に入ってんだ」

「姐姐って……」

じーっと私を見つめてから妹妹は言った。

「私の弟にも似てるかも」

「おと……うと？」

私は姉なのか弟なのか、おばあちゃんなのか。そのときによってコロコロ変わるのか。

「まあなんでもいいから、そのモチモチしたの食べようや」

私はフライパンの上で仕上がりつつある蛋餅を指さした。

蛋餅は卵焼きとクレープ生地が合体してくるくる巻かれたみたいな不思議な食べ物だ。具はその時々によって違う。ネギとハムだったり、ツナとコーンだったり。

今日のはネギとチーズみたい。

妹妹はくるくる巻かれた細長い蛋餅を綺麗《きれい》に切り分け、私の分をお皿にのせて台湾《たいわん》のお醤油《しょうゆ》である醤油膏《ジャンヨウガオ》をかけてくれた。この醤油はとろみがあってほんのり甘いのが特徴で、日本の醤油とはちょっと違っている。妹妹はこの醤油をよく料理でも使っているようだ。

「いただきまーす」

はむっと蛋餅を頬張る。甘じょっぱくてモチモチで、優しい味。

「はー、なごむわ」

「チーズいいでしょ？」

「うん、最高」

はむはむ、と妹妹も蛋餅を頬張る。

そしてテーブルの上に置かれた私のスマホに目をやりながら言った。

「また来てたの？　粟井さんからのメッセージ」

「来てた来てた」

「ついに、姐姐の婚活も終わりを迎えるときが来たか……」

「そんな、まだ気が早いっすよ」

「こういうのは、決まるときは早い」

「まーたそんな。恋愛熟練者みたいなこと言っちゃって」

「だって、桃山《ももやま》ピチ子《こ》がウェブラジオでちょうどそういう話してたから」

「桃山ピチ子はそんなことまで言うんかい」

「うん。結局パッションが大事で、結婚は勢いでするものなんだって。ピチ子の歌の歌詞には人生の教訓がいっぱい書かれてるから、聴くことをおすすめする」

なぜアイドルがそんな話を……。でもそういえばこの前妹妹とカラオケに行ったときに妹妹が歌っていたピチ子の歌、どれも人生勉強みたいな歌詞でびっくりした。曲名も「雨降って地固まる」とか「虎穴に入らずんば虎児を得ず」とか……凄《すご》かったな。

一体何歳なんだろう、桃山ピチ子。妹妹の部屋に貼られたポスターの中の彼女はどれも美しくライトアップされていて、その年齢を推定することができない。

妹妹はカラオケにあこがれがあったらしく、少し前に誘われて一度行ってみてからというもの、時折「カラオケに行きたい」と言うようになった。

私も歌うの好きだし、二人で楽しめる趣味が見つかって嬉しい。

「じゃ、聴いてみようかな、桃山ピチ子。どのアルバムから聴くのがいい？」

「まずはやっぱりピチ子の原点であるファーストアルバム……。いや、やっぱ最新の……」

妹妹は悩みに悩み、結局は全部のアルバムを聴くようにと私に言った。

「次にカラオケ行くときは、おすすめのピチ子の曲を歌うから」

そう意気込む妹妹に笑って答えた。

「いつもそうしてるじゃん」

それから二人で予定を確認しあい、カラオケに行く日を決めた。

ほぼなんの予定もない私のスマホのカレンダーを眺めながら妹妹が言う。

「だけど姐姐さ、そろそろ粟井さんとデートしようって話になったりしないの？　メッセージ来るようになって、結構経《た》つよね」

「いや、ちょうど今粟井さん忙しい時期なんだってさ。それ終わったらどこか行きませんか？　みたいな話にはなってるよ」

「ふぅん。じゃあ順調だねやっぱ」

「そう思う？」

「どこからどう見てもそうだよ。姐姐もついに結婚かあ」

「いやーまだわかんないけどねえへへへへへ」

「姐姐笑いすぎ」

妹妹は苦笑いした。

だけど、結婚ねぇ。

そしたらこの妹妹との生活も、終わっちゃうってことか……。

私、家族以外の誰かと暮らしたのなんて初めてだったけど、妹妹とは気も合って、楽しく暮らしてるからなあ。

妹妹との暮らしがいつか終わるって思うと、すっごく寂しい。

それに気がかりだ。妹妹、ようやく自分のためにもっとわがままに生きようって思い始めたばかりなのに。

この子、めっちゃ元気そうに見えて、実は不安定な子だからなー。

いや、先回りして考えすぎたか。もし近いうちに付き合い始めたとしたって、結婚となればある程度相手のことがわかってからじゃないと決断できないし。

そんなにすぐに、どうこうってことはないよ、うんうん。

「やーしかし、今夜はパーティーだねえ」

「だねー。もうほんとに楽しみよ」

今夜は慧《けい》と綾乃《あやの》、希乃花《ののか》ちゃんを呼んで我が家で焼き小籠包《ショウロンポウ》パーティーをすることになっている。実は今週の水曜日が綾乃の誕生日だったらしい……と後から話の流れで知り、だったら遅ればせながら我が家で誕生日パーティーをしようよということになった。

焼き小籠包、おいしいんだよなあ。ちなみに妹妹によると日本で焼き小籠包と呼ばれているものは、正しくは生煎包《シェンジェンバオ》という食べ物であり、小籠包とは皮も中身も異なるものらしい。小籠包の知名度が高いから、そういう呼び名になったのかも。

今日はそんな生煎包作りをみんなですることになっている。

いつも妹妹に作ってもらった料理を食べてばかりだけど、教わりながら作るのも楽しそうだ。

「じゃ、午前中のうちに足りない材料買いに行く？」

「うん。みんなが来るのは三時頃だから、それまでには買いに行きたいかな」

「だったらもうちょっとゆっくりしてればいっかー。ごちそーさま」

私は皿を流しに戻すと、ソファーにごろりと横になった。

「では、さっそく生煎包作りを開始します」

「「「おねがいしまーす」」」

妹妹老師のご指導のもと、まずは生地作りを始める。

「ぬるま湯に、ドライイーストを入れます。次にボウルに中力粉・塩を入れて真ん中にくぼみを作り、そこにこのぬるま湯を少量ずつ流し入れて混ぜていきます。じゃあ希乃花ちゃん、このお湯をちょっとだけ入れてみて」

「は――いっ！」

希乃花ちゃん、慎重にそーっと、ボウルにぬるま湯を注ぐ。

「これくらい？」

「おっけー。上手ね希乃花ちゃん。そしたら綾乃さん、お箸で混ぜてください」

「はい！」

綾乃が手早くボウルの中身をかき混ぜる。

それからぬるま湯を注ぎ、お箸で混ぜる工程を数回繰り返した。

「そしたらこれをこねます。じゃあ慧ちゃんどうぞ」

「わーい！　僕こねたかったー」

慧はよいしょ、よいしょと生地をこねていく。

最初は粉っぽかった生地が次第に一つにまとまっていく。

「それくらいで大丈夫。そしたら姐姐、ボウルにラップをかけて」

「はーい」

ピー。パッッ。

「そしたら一時間ほど待ちます」

「えっ」

ながっ。

そして私がやったの、ラップかけただけ。

◇◇◇

姐姐に、いい人ができたみたい。

同居人の幸せを心から願えないなんて、私って性格歪《ゆが》んでるのかな。

もしも姐姐が結婚すれば、この共同生活も終わりを迎えるだろう。

日本での生活にもだいぶ慣れたし、本当は一人で暮らせるもんね。

いつまでも姐姐と一緒に暮らしたいなんて、甘えでしかない。


今日はみんなと生煎包作りをしている。今は生地を寝かせているところ。

待ち時間の間、みんなでゆっくりお茶でも飲もうかと思って、今はお茶の準備をしている。

今日はどんなお茶がいいかな。最近寒くなってきたから、ほっこりできるような焙煎度《ばいせんど》の高くて香ばしいお茶がいいかもしれない。

「はーい、木柵鉄観音茶《ムーザーティエグァンインチャ》でーす」

私は茶壺《チャフー》でお茶を淹《い》れ、茶海《チャハイ》から小さな四つの茶杯《チャベイ》にお茶を注《つ》ぎ分《わ》けていく。

「希乃花ちゃんにはパックの牛乳」

「あ、おぐらぱんまんのやつ！　ありがとー」

人気キャラクターがパッケージにプリントされている紙パックの牛乳を、希乃花ちゃんはちゅーちゅー飲み始めた。

「いただきます」

みんなと一緒にお茶をすする。

木柵鉄観音茶は、伝統的な手間暇のかかる製法で作られている貴重なお茶だ。茶杯をのぞくと水色は琥珀色《こはくいろ》で、ほのかにフルーティーな香りがする。口に含むと香ばしく、しかし角がなくて優しくまろやかな味わい。

「ねえ妹妹、台湾の烏龍茶《ウーロンチャ》は緑がかった水色で爽やかな印象のものが多かった気がするけど、これは違うんだね」

姐姐にたずねられ、うなずいた。

「そうだね。最近の台湾の烏龍茶は軽焙煎で発酵度の低いものが流行《はや》りなんだけど、この木柵鉄観音は昔ながらの製法で作られた、発酵度も高めで重焙煎のお茶なの」

「そうなんだ。ほっとするけど上品な味だね。私、こういうのも好きだなあ～」

ふふふふふ。わかってきたじゃない、姐姐。順調に茶沼に沈みつつあるみたいね。

「お茶請けにミニ月餅もどうぞ」

そう言うと私はみんなに個包装された小さな月餅を配り始めた。パッケージには「楊《ヤン》食品《しょくひん》」の文字がプリントされている。先月お父さんから送られてきた荷物に入っていた月餅だ。

日本に来てからというもの、毎月欠かさずに両親から荷物が送られてくる。大抵は台湾の食品で、私の好物だったり、体調のことを気づかうものだったり、ちょっと贅沢《ぜいたく》な食材だったり。私のことを考えて詰めてくれたんだなって気持ちが伝わってくる。

家族は私にとって、とても大切。子供の頃には寂しい思いをした時期もあったけど、両親の頑張る姿を見ていて次第に、私も頑張りたいって思うようになった。それに日本へ留学したいという私の願いを聞きいれ、サポートしてくれていることにも感謝している。

家族みんなで苦労を乗り越えたから、今の楊食品がある。

だから私は楊食品の商品がお店に陳列されているのを見かけるとすごく嬉《うれ》しくなる。「がんばれー」って思わず心の中で応援しちゃう。世の中はたくさんの食品で溢《あふ》れているけど、このお店では楊食品の商品を置くことを選んでくれたんだなってありがたく思う。そしてうちの商品をいいなって思ってくれた人が買ってくれて、楊家《ヤン》の想《おも》いが世界を動かす歯車の一つになる。

歯車って、悪い意味の捉え方をされることもあるみたいだけど、私はそうは思わない。自分が世界を動かす力の一部になっているなんて、誇らしいもの。まだまだ子供の私にはそんな力はないけれど、自分にできることの中から最大限の力を発揮したい。やりきったって思える人生にしたい。楊家のみんなが今まで頑張ってきたみたいに。

「またお父さんから送られてきた？」

月餅をちょんちょん、と指さしながら、姐姐がたずねる。

「私、回し者だからね」

グッドサインを作り、私はニカッと笑ってみせる。

「これ、おいしいんだよねー。私、何年も前から食べてるから、知ってる」

そう言いながら、姐姐が月餅のパッケージをピリリと開き、パクッと頬張った。

◇◇◇

しばらくゆっくりお茶休憩した後、また生煎包を作る作業に戻る。

「今度は中の餡《あん》を作っていくよ。じゃあ姐姐、ボウルにひき肉を入れて」

「はい」

「次に水・醤油・塩・白胡椒《しろこしょう》・砂糖・ごま油・しょうが」

「まってまってまって」

妹妹が用意してくれていた調味料をボウルの中に慌てて入れていく。

「本当は五香粉《ウーシャンフェン》という調味料も入れたいところだけど、今日は希乃花ちゃんも食べやすいように入れないでおくね」

「はい」

「そしたら、よく混ぜてください」

私が混ぜ始めると、妹妹は慧に言った。

「慧ちゃん、青ネギを小口切りにして」

「はいよー」

慧がサクサク、とネギを切っていく。

「じゃ、それをこのお肉のボウルの中に」

「はーい」

ネギとお肉を混ぜていく。

「そしたら今度は生地のほうね」

わー、ボウルの中に寝かせておいた生地、ふくらんで大きくなってる。

「寝かせておいた生地をこうして……」

妹妹は一つに丸くまとまった生地の真ん中にくぼみをつけると、そこに指をいれて穴を広げながら、ひょいひょいと回し始めた。

「すごーい！　おっきいどーなっつみたいになった！」

希乃花ちゃんが興奮している。

妹妹はそのドーナツ状になった生地の一か所を切った。すると生地が太ったヘビみたいな状態になり、それをさらに手のひらでコロコロ転がしながら整える。

「はい、じゃあ綾乃さん、これを包丁で等分に切ってください」

「はーい。このくらいの幅でいいかな？」

綾乃は三センチ幅くらいで生地を等分に切っていく。

「やっぱ綾乃は結構料理できるんだね。手つきがいいもん」

「いや、前はそんなにしてなかったよ料理。でも希乃花の離乳食も作らなきゃだったし、なにかと必要にせまられてやっていくうち最低限できるようになった感じ」

「そっか～。そゆもんか」

私、料理をするイコール女子力高い、って思い込んでいたかもしれない。まともな女子なら料理くらいできないといけないんだろう、という思い込みがあった上で、そこに反発する気持ちが働いて、意地をはって料理をしていなかった気がする。

料理をやっているとできるようになるのは、ギターを練習すれば弾けるようになるのと同じことだよな。そしてギターを弾けると楽しいのと同じで、料理ができると自分の生活も豊かになったり、誰かと楽しみを共有したりもできる。

私って多分、料理が嫌いだったんじゃなくて、女子イコール料理ができないと、っていうレッテルが嫌いだっただけなんだ。

「んー、私もっと普段から料理してみたくなってきた」

思わずそうつぶやくと、慧もうなずいた。

「僕も僕も。ハルミのとこで夕ごはん食べる以外のときは外食したりしてるんだけどさ、自分で作れたらもっとヘルシーなものを作って食べたりできるし」

「じゃあこれから、たまにはこういう料理教室みたいなことしようか？」

妹妹がそう言うと、綾乃が「私も参加したーい！」と手をあげた。

「そしたら夕夏《ゆうか》ちゃん、結婚後の生活も安心だね。もしもハルミと離れて暮らすようになっても、お料理できたら健康的な生活を送れるし」

慧にそう言われてハッとする。

「ほんとだね……」

婚活のためにとかじゃなく、普通に生きていくうえで重要なスキルだよな、料理。

それから私たちは等分にわけた生地をそれぞれ手に取り、丸めて伸ばして中に餡をつめる作業を始めた。

コロコロと球状にした生地に麺棒を外側からあて、内側へ転がして伸ばしていく。

「真ん中は厚めに残して、外側の生地は薄めに作るのがコツね」

「はーい。よし、できた」

「そしたらこのくらい餡をとって……」

妹妹はスプーンでひき肉の餡を適量とり、私が手のひらに広げている生地にのせてくれた。

「で、端を一か所つまむ。そしたら隣の生地を寄せてまたつまむ。これを繰り返して、最後はねじって留める」

「わーん！　綺麗《きれい》にできなーい。破けちゃう」

慧が嘆くと妹妹が言った。

「不恰好《ぶかっこう》でもいいけど、とにかく餡がはみ出ないようにしっかり包むのが重要よ」

一方希乃花ちゃんは、ギャザーを寄せるような包み方ではないものの、きちんとお肉を包んで上のほうでひねって、意外とそれらしい形に作れている。

「希乃花ちゃん上手！」

思わずそう言うと、希乃花ちゃんはにんまりした。

「ののか、ねんどあそびだいすきだから！」

「そっかー」

毎日ねんどで遊んでいる四歳児。なかなか侮れない。

それから熱したフライパンに油をひき、生煎包を置いていく。

「焼きめがついたら水を入れて蓋をして、十分くらい焼くよ」

そして十分後、蓋を開いてごまをふり、水分がなくなるまで加熱すればできあがり。

「これで生煎包の完成だよ!」

「わーい!」

大皿に盛り、さっそく食べてみることに。

パクッとひと口。

「うん、皮がふんわりモチモチしてて、でも下のほうはカリッとしてる。中の餡の味が生地にしみてトロトロになってるのも、好きだわー」

「ののかも、これすき!」

生煎包を手に持って齧《かぶ》りつく希乃花ちゃん。偏食の四歳児もお気に召したみたい。

「お好みで、黒酢と醤油《しょうゆ》を合わせたタレもつけてみてね」

妹妹はみんなにタレ入りの小皿を配る。

「ありがとうー」

タレをつけるとおいしさがさらに倍増。そしてそこに流し込むビールがまた最高!

「夕夏ちゃん一人で酒飲んでんじゃん」

慧がケラケラ笑う。

「いいでしょ、休日なんだからー」

「まあいいけどさ。でも昼間から幸せそうにお酒飲んでる様子見てると、まだ彼氏とか当分できなさそー」

「それがそうでもないんだよ、慧ちゃん」

妹妹が眉をひそめながら言う。

「えっ、なになに？　夕夏に男の影が？」

希乃花ちゃん用のお皿に追加の生煎包を取り分けてあげていた綾乃が、ぐいっとこちらに振り向く。

「いや、まだなんもなってないよー。だけど、婚活アプリでメッセージのやりとりしてる人がいてさー」

照れながらそう答える。するとまた妹妹が、なぜか神妙な面持ちで言う。

「毎日欠かさず連絡が来てるんだよ。どう考えてもその人姐姐のことが好きだな」

「まじか。で、その人どんなひほはほ？」

慧は生煎包にパクッと齧り付きながらたずねる。恋愛トークも食事も同時に楽しむつもりらしい。

「その人は都内に住んでる公務員で三十二歳の……」

そこまで言っただけで綾乃が叫んだ。

「いいじゃないその人にしようよ！」

「そんな……まだ会ったこともない人だよ」

「えーでもさあ、その人から毎日メッセージが来るってことは、夕夏ちゃんも毎日メッセージを返してるってことだもんねぇ」

慧がニヤニヤしながら私を見ている。くっそー、十歳以上年下の子にナメられてるぅ！

「それって夕夏もいいなって思ってるってことでしょ？」

綾乃がたたみかけてきた。もう逃げ場はない。

「まあ確かに、ちょっといいなって思ってるよ」

「へえ、いいなあ〜。じゃあ毎日楽しいんだぁ」

なぜか天井を見上げながら、綾乃はわざとらしく両手をグーにして胸の前で合わせてみせる。

「そんな、恋する乙女みたいな感じじゃないから」

すると慧も綾乃の真似《まね》をして、可愛《かわい》らしくポーズをとってみせる。

「あ〜あ〜、夕夏ちゃんきっと今年のクリスマスは、その人と二人っきりで過ごすんだねぇ」

「だからつきあうどころか実際に会ったことないんだってば！」

「だけど会うのは時間の問題。粟井さんの仕事がひと段落したら、デートでしょ？」

妹妹がそう言うと、綾乃と慧はますます身を乗り出してきた。

「えー！　そうなの!?」

「じゃあそのデート、絶対に成功させせないとじゃないの！」

「まあ確かに……。逃してはいけないチャンスな気がする」

「じゃあ私、協力するよ！」

「僕も！」

綾乃と慧は、ガシッと私の手を力強く握る。

「私、服ならアドバイスできるよ！」

「僕、メイクなら任せといて！」

「ああー」

そうだなあ。初デート、粟井さんの期待を裏切らないように、綺麗にメイクして粟井さんの好みに合うような服を着て出かけたい。

「……お願いします」

私は深々と、二人に頭を下げた。

「お電話ありがとうございます。ブライトドリンク西東京《にしとうきょう》営業所、松沢《まつざわ》が承ります」

「松沢さん、いつもすみませんねぇ。アサオカ自動車の麻丘《あさおか》ですけども、実は休憩室に置いているサーバーの、これなんていうコーヒーかしら……。えーっと、キリマンジャロ？」

聞き慣れた、アサオカ自動車の品の良《い》いおばあちゃまの声。

電話の内容をカタカタと決められたフォーマットに入力していく。原料追加発注依頼の電話だ。データを登録し、担当の配送員に向けて送信する。

「いつも電話してごめんなさいねぇ。ネットでも注文できるとは聞いてるんだけど、なにせ年寄りなものだから注文の仕方がわからなくて」

「いえいえ、いつもご注文ありがとうございます。またなにかございましたら、いつでもお電話くださいね」

「ありがとう。実はねワタクシ、松沢さんにお電話できるのが楽しみでもあるのよ」

「そうだったんですね……!? 嬉《うれ》しいです」

「しっかりしてらっしゃって、きっと気立てのいいお嬢さんなんでしょうねぇ。実際にお会いしたことはないけれど、毎月電話しているからわかるわ」

「いえ、そんな……」

毎日ビールで晩酌しているズボラな三十路女《みそじおんな》ですけどね……。

それから麻丘さんはちょっとした世間話を始めた。高校受験を控えているのにろくに勉強している様子のない孫のことが心配だとか、最近ひざの調子が悪いだとか。麻丘さんはたまにこうして注文の後に日常の話を始めるのだ。

「ふふふ、ごめんなさいね長々と。ではそろそろご迷惑になるから失礼しようかしら。えーっと、キリマン……ジュロ？ はいつ届くかしら。うちの修理工があれじゃなきゃ駄目だってうるさいのよ」

「在庫のある商品なので、今日中には配送員がお持ち致します」

「あらそう。早くて助かるわ。では、ごめんくださいませ」

「失礼致しますー」

ようやく麻丘さんの電話が終わった。

「ふぅ……。わー、結構話しこんじゃった。新システムのエラー内容、早くシステム部にメールしなくちゃなのに」

すると蓮見《はすみ》所長が笑いながら言った。

「また麻丘さん？　いつも松沢さんに世間話してるよね。なんだか面白くて笑っちゃうよ」

「まあ誰かと話したいんじゃないですかね。アサオカ自動車さんって事務員の女性とかもいないみたいだから、毎日一人で事務所にいてきっと寂しいんでしょう。それに私も嫌じゃないんで」

急いでメールを送信し終えるとストレッチをしながら立ち上がり、コーヒーサーバーの前に向かう。ちょっと一息つきたい。

「でも麻丘さんさあ、松沢さんにだけそうやって話すんだよ。この間松沢さんが郵便局行ってる間に俺が電話に出たら、残念そうな声で注文だけ言って、すぐに電話切ってたもん」

「所長は声が低いからなんとなく怖かったんじゃないですか」

「松沢さんだって声が高くはないでしょ」

「……確かに」

カプチーノのボタンを押すと、サーバーが音を立てて動き出す。ヴヴヴヴヴヴ。

「そういえば最近、妹妹ちゃんは元気にしてる？」

「んー、まあ変わらず元気ですよ。最近はお料理教わったりしてて」

「へえ、松沢さんが料理を！」

所長は無表情なまま、両手を大きく上げて必要以上に驚きおののいたようなポーズをとってみせる。

「はいはいそういうのいらないですからウザいんで」

「ごめんごめん。でも今まで妹妹ちゃんの料理を食べるばっかりで、料理を習おうとなんてしてなかったじゃない。どういう心境の変化？」

「んーまあ、普通に料理に興味が湧いたのと……ちょっとばっかし婚活の風向きが変わってきたのもありますかねぇ。相手がちゃんとした人なんで、私も生活水準を向上させるようなスキルを増やせたらいいなあ、みたいな？」

「婚活の……風向きが……？」

「ええ。まあまだわかりませんけど、実は今度会ってみることになった人がいて」

そうなのだ。二日前に粟井さんから、今週末デートに行きませんかとお誘いがあった。

「そうか、そうか。そりゃあ、よかったね」

「ようやくですよー。婚活始めて半年以上経《た》ちますからね」

「いやー、半年ちょっとで成果をだすんだから、さすが松沢さんだあー」

まるで棒読みでセリフを読み上げるみたいに所長が言うのでムッとした。

「なんですかその気持ちの入ってない言い方」

「別にぃ？　幸せそうな人を見てると面白くないだけぇ」

「うわー。性格悪ぅ」

できあがった熱々のカプチーノを取り出し、カップを両手で包みこむように持って手を温める。

なんだか今日は冷え込むなあ。

「所長、暖房つけてもいいですか？　もう十一月だし」

「どうぞどうぞー。十一月でもそうじゃなくても、松沢さんが寒いと思ったらいつでもつけなよー」

「はいはい」

——ピピッ。

暖房のボタンを押し、席に戻るとカプチーノを飲みながらボーっと考える。

はあ、もう冬だな。十月に導入した新システムのエラーもだいぶ減り、最近はすっかり業務も落ち着いてきた。

来月にはクリスマス……その後決算かあ。


その日の朝。我が家にはいつものメンツが集結していた。

「もー夕夏ってろくな服持ってなーい！」

綾乃が酷《ひど》いことを言いながら私のクローゼットのハンガーにかかっている服を端から端まで一枚ずつチェックする。

「ふざけたTシャツとトレーナーしかないじゃない！」

「いやふざけてはないよ。宇宙の柄とかオカルト雑誌とコラボしたやつとか……。よくない？」

「婚活にはよくない」

綾乃はゲンナリした顔になる。

「あ、でもまさか、こういう服で婚活パーティーに行ってたわけじゃないんだよ？　ほら、こっちのほうにセットアップとかスーツが」

クローゼットの奥に追いやられた普段あまり着ていない服たちを指さす。

「あー。でもなあ。なんかシンプルでカッコイイって感じで……。媚《こ》びがないね」

「媚びですか」

媚びねえ。男性に好かれそうな……都合のよさそうな女性に見せるってこと？

柄じゃない……。やっぱり婚活が持つそういった空気には抵抗がある。

でも今回のデート、私の人生のうちでもなかなかないくらいの結婚のチャンスな気がする。

最善を尽くして挑みたいって気持ちがあるのは確かだ。

なにより粟井さんはいい人なのだし。

「うちから服持ってくるわ。すぐ戻るから希乃花見ててもらえる？」

「あ、うん。ありがと……」

バタバタと走り去っていく綾乃を見て、希乃花ちゃんが私の手をぎゅっと握りながら言った。

「ねえ、きょうはなにかのおまつり？」

「うん、まあ……そんなようなもん」

ふんわりとした女性らしいラインの白いニット、総レースでできたライトブルーのマーメイドスカート、モカベージュのパンプス。そこにシンプルなネックレスを合わせる。

「あ！　女子みたい！」

鏡にうつった自分の姿を見て、思わずそう叫ぶ。

なんだ、私ってこういう服が全然似合わないってわけでもなかったんだ。

「でしょー？　いい感じよ」

確かにこの服装なら栗井さんにも好感を持たれそうな気がする。清楚《せいそ》で女性らしくて程よく大人っぽい。

「じゃ、次はこっち来て。僕がメイク教えたげるから」

「はい、お願いしますぅ」

「まずさあ、夕夏ちゃんはいつもわりとしっかりめの濃いブラウンのアイメイクにしてるけど、今日はそれをツヤツヤのコーラルピンクに変更してー」

「えっ、ピンク？」

「まあいいからいいから……。あと眉はきっちり描かずに優しいカーブで」

そうして慧指導のもと、メイクを完成させる。

「おお、なんか色っぽい」

「でしょでしょ？　元々目力強いんだから、これくらい柔らかくしたほうが女性らしさが出せるよー」

「ありがとう」

あらためて、姿見にうつる自分の全身をくまなく見つめる。

「すごいや、まるで私じゃないみたい」

私じゃない私。

同じ身体《からだ》なのに、違う誰かみたい。こういう人、いそう。美人風。

いつもと全然違う服装だから、なんだかそわそわする。

「綺麗《きれい》だよ、夕夏。もうバッチリ！」

綾乃は満足げにうなずいている。

「うん、これならうまくいきそうな気がする。たぶん」

時計を見ると、そろそろ家を出たほうがよさそうな時間だ。

ショルダーバッグを肩にかけ、玄関へ向かう。

妹妹が私を見送りにちょこちょこやって来た。

「姐姐、気をつけてね。あと緊張しすぎず、リラックスして！」

「うん、ありがと。じゃ、いってきます」

「いってらっしゃい」

待ち合わせ場所である吉祥寺《きちじょうじ》駅前のゾウのはな子像に到着する。

「えっとそれらしき人……」

スマホを片手にキョロキョロしていたら、同じように辺りを見回している男性と目が合った。

婚活アプリの写真から受ける印象以上に綺麗な顔立ちで、清潔感の漂う好青年。

「あの、栗井さんですか？」

そうたずねると、彼は表情を崩して微笑《ほほえ》んだ。

「あっ、松沢さんですね！　初めまして……。って言ってもなんだか初めましての気分じゃないな」

「そうですね、メッセージでは毎日やりとりしてるから」

「いやーしかし松沢さん、想像通りお綺麗な方ですね」

「えっ……!?　いえそんな、とんでもないですうふふふふ……」

「ではさっそくカフェに移動しましょうか。昨日話してたところ、人気の店みたいだったから予約してあるんですよ」

「そうだったんですね。栗井さんって気が利きますね」

「いえいえ、女性をデートにお誘いしたんですから、当然のことですよ。さ、行きましょう」

そう言うと栗井さんは颯爽《さっそう》と歩き始めた。店の場所は地図を見なくてもわかっているらしい。

なんて感じがよくてそつがなくて、できた人間なんだ……。

私は肩をこわばらせながら後について歩き始めた。

カフェに到着し、二人でメニューを眺める。

「どれにします？　俺はこの鶏《とり》ハムのヘルシープレートにしようかなあ。緑黄色野菜のサラダと五穀米もついてくるみたいですよ」

「ええ……そうですね……」

メニューを眺めながら考える。このカフェ、粟井さんに好みを合わせてなんとなく決めたお店だったのだけれど、ヘルシーなメニューが多い。すごく素敵な雰囲気で女性なら喜びそうなカフェではあるのだが、普段の私なら選ばない店だ。

うーん。でもしいて言えば、私がこのメニューの中で一番食べたいのは、温玉がのっかってるローストビーフ丼なんだけど……。

「私も、同じのにします」

そう言うと、粟井さんはニカッと笑った。

「気が合いますね。じゃあ注文しちゃいましょうか。すいませんー、この鶏ハムのヘルシープレートをふたつ」

粟井さんは店員さんを呼びとめ、すぐに注文を済ませてくれた。

食事をしながら栗井さんと話を……。しようとするのだけれど、全然自分から話ができない。栗井さんに質問されると、短い言葉で答えるだけ。緊張しすぎてなんだかお腹《なか》いっぱいで、さほど量の多いわけでもない鶏ハムのヘルシープレートさえも食べきれそうにない。

「松沢さんのお父様は貿易会社を経営されてるんですよね？」

「ああ、ええ、はい。そうです。されてます」

「されてますって……」

栗井さんがおかしげに笑った。

「松沢さん、だいぶ緊張してます？」

「ああ、ええ。はい」

「俺に緊張なんかしなくていいですよ」

「すみません。実際にお会いするとやっぱり、メッセージのやりとりみたいには……」

「まあそうですよね。でも正直、そういうところもまた」

「へ？」

「いえ、なんでもないです」

なんだろう。なにが言いたかったんだろう。

だけどこんなに話が弾まないんじゃ、きっと次のデートはないな……。

そう思いながら、必死に緑黄色野菜のサラダを口に突っ込んではもしゃもしゃと食べ進めていく。

食事が済むと粟井さんの提案で、井《い》の頭《かしら》公園内にある井の頭自然文化園へ行くことになった。

入り口から近い場所にあるペンギンのコーナーをぼーっと眺める。

「松沢さん、こちらにはよく来ますか？」

「まあ家から遠くはないので、来たことはあります。でも二度程ですかね」

「そうですか」

会話が、それきり続かない。

どうしよう、ペンギンについてなにか述べたほうがいいのだろうか。

でもペンギンはひょこひょこ歩き回るばかりで、特にそれについてなにを言えばいいのか思い当たらない。ただ、ペンギンを見ていると癒《いや》される。なんだかこのまま、なにも話さずに眺め続けてしまいそう。

ペンギン見たら、妹妹喜ぶかな？　とふと思う。

今度妹妹とここに一緒に来たいな。そうだ、そうしよう。

「ペンギン、お好きですか？」

ふいに粟井さんにたずねられ、少し考えてから答えた。

「はい」

――以上、終了。

でも粟井さんはなぜか笑い始めた。

「松沢さんの独特のリズムがたまりませんね」

「……そうですか？」

「ええ。松沢さんって天然ですね」

そんなことを言いながら粟井さんはニコニコしている。

なにか勘違いされている気がする。

しかもその勘違いの、存在しない架空の私を粟井さんは好いている気がする。

これはまずいことになったぞ、と気が重くなってきた。


それから、だいぶ時間をかけて私と粟井さんは動物園の中を回った。

中でも園の名物である、リスの小径《こみち》というコーナーを粟井さんは気に入った様子だ。ここはリスの住む広いオリの中に、人間が入ることができるのだ。

「松沢さん、すごい！　リスが！　リスが足元を駆け抜けていきましたよ！」

「ええ、そうですね。……速いですね」

怖い。

リスって可愛《かわい》いようにも見えるけど、こんなにも自分の身体のそばをひっきりなしに駆け抜けられると、なんか怖い。

「うわあすごい、松沢さん、リスが木に登ってますよ！」

「ですねえ……。登りますねえ」

「あっ、足元に戻って来た！」

「うわああ……」

「松沢さん、もしかして怖いですか？」

「あ、いえいえ。可愛いです。うふふふふ……。写真でも撮ろうかな」

私はリスにスマホを向け、カシャっと写真を撮影する。

だがリスは絶え間なく動き続けており、スマホの画面には茶色い残像しか映し出されてはいなかった。

夕方。井の頭自然文化園の出入り口付近にあるベンチに腰掛けてお茶を飲みながら、粟井さんと今日を総括する話を始める。

「いやー、動物園なんて久々でしたけど、童心に戻れて楽しかったですよ」

嬉《うれ》しげにしている粟井さんを見て少しホッとする。忙しい中せっかくとれた休みだというのに、私のせいでつまらなくて気の重い休日にしてしまったら申し訳ないなと思っていたのだ。

「今日はお忙しい中、ありがとうございました」

私がそう言うと、粟井さんは「いえいえこちらこそ」と言ってからぐいっとペットボトルのお茶を飲み干し、空き容器をゴミ箱に捨てた。

そしてこちらに戻ってくると、再びベンチに腰掛けながら言ったのだ。

「で、次のデートはいつにします？」

「えっ……？」

今日私、ろくに気の利いた会話もできなかったのに。もう一度会うつもりなの？

「あの、私といて楽しかったですか？」

すると粟井さんは目をまんまるくして答えた。

「はい、もちろん」

「ええ……？」

「というかまあ、まだ打ち解けてないかなとは思いましたよ。だけど松沢さんが清楚《せいそ》で真面目で遠慮がちな女性なのだということはわかりました」

いやいやいやいやそれわかってないやんけー！

と叫びたかったのだけれど、そうもできない。粟井さんに今まで演じてきたキャラと違いすぎて。

……あれ？　キャラを演じ？

私、栗井さんに対して別の性格であるかのように振る舞ってたのか……？

いや、ちがう。私は栗井さんに失礼のないようにしたかっただけ。婚活というＴＰＯに合わせただけ。極端な人見知りなだけ。

でも結果的には、栗井さんに誤解をさせている。そしてその誤解は自分にとって都合のいい方向に働いているみたいだ。

「正直婚活を始めてから色んな方とメッセージのやりとりをしたんですが、松沢さんのように奥ゆかしくて大人びた方は初めてだったんですよ」

「奥ゆかし……」

私みたいな人のこと、奥ゆかしいって言わないな、絶対。

「実際にお会いしてみて、やっぱり思った通りの方だったんだなと」

「そうでしょうか？」

「はい」

一切疑いのない瞳で、栗井さんは私を見る。

「ですから、ぜひまたお会いさせていただきたくて。……俺とまた会うの嫌ですか？」

「あっ、いえいえ、とんでもない」

「よかった。それじゃあ……来週の土曜日はいかがですか？」

えー！　たった一週間後!?

急に焦りを覚え始める。

栗井さん、もしかして結構、私のこといいなって思ってるのかな。

早めに結婚したい事情でもあるのかな。

だけど結婚ってなったら色々なことが変わってしまう。

私、ほんとに今の生活を変えてまで、結婚なんか……。

……なにを考えてるんだ。私だって栗井さんと結婚したいという気持ちがあるからこそ、こうして今日デートに来たんじゃないか。

気を取り直し、私はうなずいた。

「私はいつでも暇ですので」

「やった。うーん、今度はどこに行きますかねえ。今回は結構俺が決めちゃったんで、次回の行き先は松沢さんが決めてください。どこか行きたいとこ、あります？」

「ええまあ、そうですね。色々……。ちょっと考えてみます」

「じゃあ、行きたい所決まったらまたメッセージください」

「あはい」

「ふぅ。そろそろ駅に向かいますかー。いやあ、本当は夕食もご一緒したいところなんですけどね、松沢さん随分緊張されてるみたいだから。今日これ以上連れ回すのはやめておきましょう」

すがすがしい表情で粟井さんは立ち上がる。

なんて思いやりのある人なんだろう。

だからこそ、勘違いされていることに罪悪感を覚える。

私が粟井さんに自分をよく見せたかったから……。粟井さんの理想の相手みたいになれればと思ってしまったから。

だけどこんなこと、長くは続かないだろう。

重たい気持ちを引きずりながら、私はほんの少し彼の後ろに下がって、駅までの道を歩いていった。

「ただいまー」

憂鬱な気分のまま玄関ドアを開くと、すぐに妹妹がキッチンから顔を出した。

「おかえり姐姐……。早かったじゃない」

「ああ、うん……」

すると慧と綾乃、希乃花ちゃんがリビングから私に手を振った。

「おかえり夕夏〜」

「まだおじゃましてまーす!」

「まーす!」

「まだいたんかい!」

思わずそう叫ぶ。ああ、でもなんかちょっとだけ元気出てきた。

「ちょうど今夕ごはん食べ終わったとこだよー。今日はみんなで作ったの。ねー、希乃花」

「ねー」

希乃花ちゃんがキャッキャと笑いながら綾乃の脚にぎゅーっと抱きつく。

「へえーいいなあ。なに作ったの?」

「海老《えび》のレモン蒸しと、鶏肉《とりにく》と椎茸《しいたけ》のスープ」

「いいねえ。両方ともめっちゃおいしそう」

「姐姐は夕ごはん食べてきたの?」

妹妹が心配そうにたずねる。

「あーうん、夕食前にお開きになったんだけど、田無《たなし》に着いてから駅前のカフェで一休みしがてらサンドイッチ食べたから大丈夫」

正直心がザワザワして落ち着かなくて、まっすぐ家に帰る気にもなれなかったんだよね。かといって無駄にダラダラ長居をする気にもなれず。結局ささっと小腹を満たしてコーヒーで一息ついて、そのまま家に帰ってきた。

「そう……。一緒に食べてくるのかと思ってたから夕ごはんはなにも残ってなくて。でもサンドイッチだけじゃお腹空《なかす》くでしょ？　今から簡単なもの作るよ」

そう言った妹妹に首を振る。

「いいのいいの。なんか食欲なくて」

段々、慧と綾乃の表情が曇っていく。

「ねえ夕夏ちゃん……。もしかして、今日の人とはうまくいかなかった？」

慧が遠慮がちにたずねてくる。

「ううん、そんなこともなかったよ。すごくいい人で、来週またデートしましょうって言われた」

「なあんだああー」

綾乃がふぅ、と息を吐く。

「よかった。いい人だったのね。なにか嫌な思いでもしたんだったらどうしようかと思った」

「僕も僕も。なんだか顔が暗かったから、嫌な人だったのかなって」

「全然。清潔感があってすごく感じのいい人だったよ。デートの場所を移動するときはスマートにエスコートしてくれたし。夕ごはんのこともね、私が人見知りで緊張してる様子だから、気をつかって早めのお開きにしてくれたのよ」

「気づかってくれるなんていい人だねー。そっか、夕夏今日は初対面の人と一日デートして疲れちゃったよね！　私らもそろそろ帰るわ。さっ、希乃花、行くよー」

「ののかのこと、ままだっこしてくださいオネガイシマス」

「そんな丁寧な言葉で言われても無理ですよ〜。希乃花何キロになったと思ってるんですか〜？　もう体重十七キロですよ〜。ママぎっくり腰になりますよ〜。自分で歩いてくださいね〜」

「なんだめかよぅ」

「ちょ、なにその言い方は。良い子はそんな言い方しません〜。ほら、玄関までママと競走だよ！」

「あーっ！　ののかがさきぃぃぃ！」

にぎやかな親子が、競うように玄関へと向かい靴を履き始める。

「じゃあ僕もそろそろ帰ろっと。夕夏ちゃん今日はうまくいってよかったね！　おつかれさまー」

「ありがとー」

三人に手を振り見送る。

パタリ、と玄関のドアが閉まると、ちょっとだけホッとする。

「姐姐……」

「ん？　なあに？」

くるりと後ろに振り向く。みんなは私のデートがうまくいったと知った途端晴れ晴れした表情になったというのに、妹妹だけ浮かない顔をしている。

「姐姐、私思うんだけど」

「……うん」

「次のデート、自分らしくしたほうがいいよ。今日の姐姐の服もメイクもとっても素敵だったし似合ってたし、きっと疲れるくらい気をつかったんだろうけど……。家にいるときみたいな自然な姐姐を、栗井さんには見てもらったほうがいい」

「うん、そうだね。さすがじゃん。私もそう思い始めてたとこだった」

「そっか。だったらいい。だって結婚したら、その先に長い人生があるから。その場しのぎでうまくいくだけじゃ、駄目だから」

「本当に、そうだね」

だけどそうだなあ。一体どうすれば、素の私を栗井さんに見せられるだろう。

うーん。私は首をひねった。

翌週の土曜日の夕方。私は古着屋で買ったヴィンテージのジーンズに、最近ハマっているクマのキャラクターがプリントされているロンT、革のライダースジャケット、ゴツゴツした黒いブーツという出で立《いた》ちで再び吉祥寺駅のゾウの花子像の前に立っていた。

程なくして、粟井さんが姿を現す。彼は前回と変わらず、ベージュのチノパンに白シャツを合わせ、ジャケットを羽織っている。

「お待たせしてすみません……。おや」

粟井さんは私の服装を興味深げに眺める。

「今日はカジュアルな自分を見せたいっておっしゃってましたが、本当にカジュアルですね」

「はい。普段こういう服を結構着ているんです。印象変わりましたよね、きっと」

「ええ、でもなんだか……松沢さんに馴染《なじ》んでます」

「あはは。では今日は、私おすすめの居酒屋にお連れしますね」

「松沢さんおすすめのお店、楽しみだなあ」

私たちは雑居ビルの地下にある、和風の居酒屋に向かった。

入り口前に掲げられた「薄利多売・吉兵衛《きちべえ》」の文字を見て、粟井さんが驚く。

「ええ？　吉兵衛じゃないですか。松沢さんこういうところがお好きなんですか？」

「はい。なんていうか、気楽にダラダラして好きな物を注文できるじゃないですか。だから好きなんですよ。店内がレトロで昔懐かしい感じなので気持ちも落ち着くし」

「なるほどぉ。いやあしかし、意外でした」

「そうでしょう？　今日はなるべく、普段の私をお見せしたいんです。もし結婚したらその先、長い間人生を共にするわけですからね」

「ですねえ」

「じゃあさっそく入りましょう！　私、お腹空いちゃいました！　すみませーん、二名で予約した松沢でーす」

私は意気揚々と吉兵衛に乗り込んでいった。

　店の雰囲気に合わせてとりあえずホッピーセットを頼んだ私たちは、ドリンクを待つ間に料理のメニュー表を広げて眺める。

「あー俺、おでん食べたいな。このおまかせ五点盛りっていうのにしようかなあ。松沢さんはなんにするんです？」

「私はとりあえず串焼きと串揚げでも頼もうかと」

「へえーいいですね。ちなみにどれをよく頼むんですか？」

「串焼きだったらぼんじりと、とりかわ。串揚げの中ではチーズ揚げがダントツ好きですね」

「へえええ!? 結構脂っぽ……いや、コラーゲンがたっぷりですもんね」

「私、脂肪分が大好きなんですよ」

そう言ってにっこりと微笑《ほほえ》むと、粟井さんは口を半開きにして固まった。

注文の品が届くと、それぞれが頼んだ好きなものをつまみながらホッピーを飲み始めた。

店内には戦前の歌謡曲が流れている。

「次の飲み物どうします? 僕はビールでも飲もうかなあ。松沢さんは?」

「そうですねぇ、せっかく吉兵衛に来たから電気ブランとかもいいし、迷うなあ。でもここはウイスキーのハイボールあたりで……。すみませーん!」

店員さんを呼び止めて言う。

「トリハイ、ダブルで」

「あはい。えーっとお客さん……ダブルっていうとトリハイを二つではなくって、ウイスキーの濃さが二倍って意味になりますけど、よろしかったですか?」

「はい、それでいいです」

「おおお……」

粟井さんは目を見開いている。

「松沢さん、結構お酒飲めるほうなんですね」

「いえ、さほど強いわけでもないんですけど。でもお酒飲むなら薄いのよりも、ある程度ガツンとくるほうが好きです」

「そうでしたかー。あっ、すみません店員さん、俺は梅酒をロックで」

「あ、ビールにはしないんですね」

たずねると、粟井さんはうなずいた。

「実は俺、甘い味の酒が結構好きなんですよ。最近は梅酒にハマってて。今日は松沢さんが自分出してくれてるから、俺もと思って」

「……ありがとうございます！」

やっぱり粟井さん、いい人だ。

それから、私たちは色んな話をした。学生時代の趣味のことや、休日の過ごし方。今の仕事の大変さなどなど……。

「いやー、粟井さんってほんとにストイックですねー。多忙な上に休日はジムで身体《からだ》を鍛えるとか、私には考えられないですよ」

私がそう言うと、粟井さんは少し得意げに説明を始めた。

「常に向上心を持っていたいんです。自分が自分を好きでいるためにね。そうしているほうがストレスが解消されるんで。でも松沢さんみたいにインドア派で、休日はリラックスして過ごしたいってのも悪くはないと思いますよ」

「なるほどぉ……だけどアレですね」

「アレって、なんです？」

栗井さんは首をひねる。

「いえ、私実は、栗井さんってすごく人間として整っていて、どこにも間違いがない人みたいに思ってたんです。だけど平日に深夜まで残業する日々を送っているうえに、休日は自分のことを好きでいるために自分磨きにいそしむって、ちょっと狂気はらんでる感もありますよね」

「なんですかそれ！　もー、そんなこと言われたの、松沢さんが初めてですよ！」

頬を紅潮させながら栗井さんが叫んだ。

「いえでも、それが悪いってことじゃないんですよ。すごいし、よく考えたら結構変だな～おもしろいな～って」

「変でおもしろい……。そんなこと言う松沢さんのほうが変ですから、絶対に！」

栗井さんはそう言うと、頬を赤らめたまま甘ったるそうな梅酒をグイッと飲み干した。

あっ、怒らせちゃったかな？　と一瞬心配したけれど、栗井さんはちょっと決まり悪げな顔をしながらも話を続けた。

「そういえば松沢さんってどんな男性が好みのタイプなんです？　芸能人で言えば誰と

か」

「いえ、特に決まった好みのタイプとかは……。でも私、外見にはあまりこだわりはないほうですね。一緒にいて気楽かどうかが重要で」

「へえー、外見にこだわりはないんですか。まあそういう女性もいますよね。あっすみません店員さん、注文いいですか……。今度はこっちの梅酒と……あとおでんの大根追加で」

「あ、私もー」

注文し終えた粟井さんの手からメニュー表を奪い取り、パラパラとページをめくる。

「えーっと、ホルモン焼きそばとメンチカツ追加でぇ」

店員が去っていくと、粟井さんはメニュー表を畳みながら半笑いで私を見つめる。

「ていうか結構食べますね松沢さん!!」

「はいー。育ち盛りなんでー」

「ははは……。そういえば育ち盛りで思い出しました。俺高校生の頃に学習塾に通ってたんですけどね。塾が終わると、同じ塾の女の子とよく隣のコンビニまで肉まんを買いにいって、外のベンチで一緒に食べてたんですよ。親の迎えが来るまで。それがその当時の俺にとってはすごく幸せな時間で」

「へえぇいいですねぇ青春」

相づちを打ちながら、ハイボールジョッキに口をつける。なんかいい感じに色んな感覚が麻痺《まひ》してきた。

「まあこっちの一方的な片思いだったんですけどねー。清楚《せいそ》で凜《りん》として、素敵な子だったんですよぉ。成績も優秀で。その子に見合う自分になりたいって思って頑張ったのがきっかけで、今みたいな自分になった気がします」

「じゃあもうそのときから、清楚な子が好みだったんですね？」

「あーそうですー。もしかしたらまだその子のことを頭の中で追いかけているような部分があるのかなあ。だから俺、結婚できないのかもしれません」

「だったらその子に今からでも告白してみたらどうです？」

思わずそう言うと、粟井さんは困ったような顔で笑った。

「いやあ、もう連絡先も知らない上に、あっちはとっくに結婚しちゃってますよー！　ついこの間それを知ったんですけどね！　はははははは！」

吉兵衛を出て、私は粟井さんと向かい合う。

「粟井さん。今日はほんとーに、ありがとうございました」

「いえいえ、こちらこそ。今日は楽しかったですよー。心から」

そうだなあ。楽しかった。学生時代を思い出したような気分だった。

まるで男友達とダべっているような感覚。自然な、本来の私に近い状態で話せた。

そして自分の中で、結論も出せた。

「栗井さん、私思うんですけど、私たちって恋愛関係になる感じではないし、結婚相手として理想的でもないですよね」

「そうですねえ。確かに恋愛のときめきはないし、俺と松沢さんでは食の好みも日常生活の中で大切にしていることも、結構違ってるみたいですね」

「栗井さんがいい人だとは思ってるんですけど」

「俺も、松沢さんが変わり者でおもしろい人だとは思ってるんですけどねー」

「……私が栗井さんのこと変だけどおもしろいって言ったから仕返しですかあ？」

「違いますって。でもそう言われたことも……本当は悪い気はしてないです。まあつまり、松沢さんのことといい人だとは思ってますよ、俺も。でも結婚するとなると、違うのかもしれませんね、残念ながら」

「じゃあ、こうしてお会いするのは、これで最後にしましょうか」

そう切り出すと、栗井さんはうなずいた。

「そうですね。……だけど松沢さんがいつか願い通りに、ご自身にぴったりのお相手を見つけられることを祈ってます」

「私も。栗井さんに良いご縁がありますように」

ぺこりと頭を下げ、去ろうとした私に粟井さんが言った。

「松沢さんとのメッセージのやりとりも、二回のデートも、楽しかったですよ。これは本当ですから」

「私もですよーっ！」

自分にできる精一杯の笑顔を粟井さんに向けてから、くるりと踵《きびす》を返し、バス乗り場へと急いで歩き始めた。


一人バスに乗り、田無方面へと向かう。

さっきまでワイワイ騒いで楽しかったのに、今はちょっと寂しい気持ち。

だけど、これでよかったんだ。

すっぱりとあきらめはついたから、妙にすがすがしい気分でもある。

「んー、音楽でも聴こう」

イヤホンを両耳にねじ込んで、目を閉じた。

とってもいい人だったけど、やっぱり違ったなあ。

でも大丈夫。私は色んな温かい人に囲まれて生活しているし、今の暮らしが好きだし。

だけど粟井さんとは知り合ってからそれなりの期間メッセージを送り合っていたし、一時は結婚も頭をよぎっていたし。そういう人とうまくいかなかったんだってことに、ちょっとも落ち込んでいないわけでもない。

そうだな、このバスに乗っている間くらいは、しばしこの悲しみに浸っておこう。

◇◇◇

「ただいまー」

姐姐が帰ってきた。時刻はもう夜の十一時を回っている。

片手鍋をお玉でかき混ぜていた私は手を止め、キッチンから廊下へひょいっと顔を出す。

「おかえり、姐姐」

「おう。ちょっと楽な服に着替えるわ」

そう言うと姐姐は自室へと向かった。

いつも通りの姐姐だったことに、少しほっとする。

そろそろ味見でもしてみるか。

鍋の中のしょうががシロップをスプーンですくい、ぺろりと舐《な》める。

うん、しょうがが効いていて甘すぎない。姐姐は甘さひかえめのほうが好きだから……。

あー、私いつのまにか、姐姐の好みの味までわかるようになってる。

シロップ、もう少しだけ煮詰めようか。

思えば姐姐と暮らし始めてから、色んなことがあったな。

最初は姐姐のこと、駄目人間だから私がなんとかしてあげなきゃって思ってたっけ。

だけどその後、姐姐は人間関係で悩んでいた私に付き合って一緒に悩んで、私の気持ちが晴れるような答えを導き出してくれた。

それから私が人のために尽くすことばかりにとらわれているって、気づかせてくれた。

過去の自分を救いたいからそうしているんだって、私は気づいた。

姐姐は、もっと今の自分のために生きてって、言ってくれた。

最近は少しずつ、わがままも言えるようになってきたかな。

姐姐と出かけて外食する日もあるし、みんなから夕ごはんに行きたいって連絡が来ても、大学の課題で忙しいときなら断るようにしている。

自分で抱え込んでしまう性格が、ちょっと変わってきた。私って積極的なようでいて、ほんとは弱いところを人に見せたり頼ったりするのが苦手な内気な人間だったんだなって、今さら気づいた。

私、姐姐と一緒に暮らせて、よかったな。

「おじょうさん、こんな時間にお料理？」

暖かそうなスウェットの上下に着替えた姐姐が、キッチンへとやって来た。

湯気の立つ片手鍋から、甘い香りが漂っている。

「今、しょうがシロップ作ってるよ」

そう答えると、姐姐は「ふぅん」と言いながらキッチンを見渡した。

「そっちの金属のボウルに入ってる白いのはなに？　お豆腐？」

「豆花《トウファ》。こっちはさっき蒸し上がったばっかりよ」

ぷるぷるの豆花から、もくもくと湯気が立っている。

「明日のデザート？」

「そうだね、冷やして明日食べるのもいいし、今あったかいの食べるのもおいしいよ」

「豆花って冷たいイメージだったけど、あったかいのも食べるものなんだ」

「うん、台湾にはあったかいのと冷たいの、選べるお店もあるよ。夏は冷たいほうが嬉《うれ》しいけど、冬はあったかいほうがいいし。私はね、ほんのりあったかいくらいのが好き。そのほうが味がよくわかる気がするから」

「なるほど、確かに」

「もうシロップできたよ。今あったかいの食べる？」

たずねると、姐姐は瞳を輝かせた。

「うん、食べる！」

にんまり、ニコニコ。

やっぱ姐姐は、こうでなくっちゃね。

「じゃ、食器棚からボウル二つ出して。私も食べるから」

「はーい！」

姐姐が並べた二つの白いボウルに、できたての豆花をよそる。そして冷蔵庫からいくつかのタッパーを取り出し、甘く煮た小豆と緑豆、茹《ゆ》でピーナッツを豆花の上にトッピングしていった。

「こんなに色んな豆を煮てくれてたの？」

「うん、まあね。姐姐いなくて暇だったし……。どうだった？　今日」

たずねたら、姐姐はちょっとだけ動きを止めた。

「ああー。……自分は出せたよ。そしたら粟井さんも、前に会ったときより心を開いてくれて。でも結果的に、好みや価値観が違うなってお互いに気づいて。だから今日を最後のデートにしましょうってことになったよ」

「そっか」

「だけど、これでよかったと思う。合わないのに無理に結婚してみたところで、絶対にうまくいかないし。心を開いて話せたから、今日はいい時間を過ごせたよ」

「そっかそっか。那就好《ナージューハオ》……」

うなずきながらトッピングをのせ終え、最後に片手鍋の中のしょうがシロップを豆花にたっぷりと回しかける。

私の大切な人が、元気になりますように。と願いを込めながら。

「はーい、あったか豆花のできあがりー」

「いえーい」

お盆にのせてダイニングテーブルに運ぶ。

「いやー、居酒屋で色んなおつまみ食べまくったんだけど、もう小腹が減っちゃってんだよねー。不思議不思議」

「それ、いつもの姐姐じゃない。あったかい豆花食べたら、きっとお腹《なか》が落ち着くよ」

「だねぇ。いただきまーす」

レンゲで豆花をすくってひと口。

ふわふわで、程よい甘さで、つるんとした舌触り。

しょうがシロップだから、じわじわと身体《からだ》も温まっていく。

「トッピングの豆が色々あって嬉しいー」

姐姐はおいしそうに豆花をすする。

「それぞれちょっとずつ、食感も味わいも違うからね」

気持ちが滅入《めい》っているときって、身体に優しくて品目数の多いお料理が嬉しいものだよね。弱っている自分をいたわっている気持ちになれるから。

「は〜、いいわあ」

それからしばし、無言で豆花を食べ進めた。

半分ほど食べた頃、私はふと思いついて言った。

「ねえ姐姐。私はね、そのままの姐姐が好きだな」

「まじかい」

姐姐は嬉しそうに笑った。

「うん……。だから私はね、いつか姐姐が、そのままの姐姐を好きになってくれる人と出会えたらいいなと思う。それで、姐姐がずっと幸せに暮らしていけますようにって、願ってる」

「ありがと、妹妹。……私も、妹妹には幸せな人生を送ってほしいよ」

「ふふふ……」

「あっそうだ、今度食べ歩きに行くとこを決めようよ。来週末は暇だし。どこか行きたい場所ある？」

「那个《ナーガ》……。実はこの前テレビを見ていて気になった街があって……」

私たちは再び、あったかい豆花としょうがシロップをレンゲですくい、すすり始めた。

6　心が私たちをつないでいる。～幸せを願って食べる白玉スープ～

十二月のある日の朝、ブライトドリンク西東京《にしとうきょう》営業所に激震が走った。

週に一度だけ行われる全体朝礼で、衝撃の事実が発表されたのだ。

「えー次に一月の人事異動の件ですが」

蓮見《はすみ》所長がぺらり、と手に持っている資料の紙をめくる。

ブライトドリンクは一月決算の会社であり、一月一日付の人事異動が最も多い。皆の間に緊張が走る。一月に誰も異動しない年などない。必ず二・三人は異動するはず
なのだ。もちろん本人にはとっくに知らされているはずだが、異動の発表があるまではそ
れを公言してはいけない決まりになっている。一体異動するのは誰なのか。それによって
は来年度からの自分の仕事のやりにくさが変わってくる。

「西東京営業所からは二人が異動となります。まず一人目、営業の菊本《きくもと》課長」

「ええ」

「菊本課長、いなくなるんスか!?」

皆から驚きの声があがる。菊本課長は十年以上この西東京営業所にいる人だから、異動

になるなんてちょっと意外だ。

「わりぃなみんな、黙ってて。ちょっと都心に行ってくるわ」

めんごめんご！　と菊本課長はいつも通りの調子の良さを発揮している。

「ちなみに菊本課長は、本社広域営業部の部長として栄転されます」

「おおー！」

「やるじゃないスか菊本課長！」

パチパチパチ、と拍手が巻き起こった。

「そしてですね、もう一名の異動者ですが……」

再び、所内が静まり返る。

すると蓮見所長は、こほん、と咳払《せきばら》いをしてから言った。

「私、蓮見が異動となります。えー、異動先は埼玉《さいたま》の川越《かわごえ》営業所。そちらでも変わらず所長をやります。以上」

――――し――――――ん。

所内が一旦静まり返る。

そして皆、顔を見合わせ始めた。

「えっ？」

「えっ？　えっ？」

「えっ、また所長代わんの？」

「えっ？　つか次の所長誰よ」

その頃、私も誰にも聞こえないような、小さく低い声でつぶやいていた。

「うそでしょ……」

蓮見所長が西東京営業所に異動してきてから、まだ二年程だ。それなのに、もう異動になるなんて。

ストレスフリーで、かなーりやりやすかったのに。

それどころか毎日のように愚痴や世間話、聞いてもらってたのに……。

私の穏やかな日常が……。

「えー、みんな静かにー。さいたま第二営業所の葛谷《くずたに》所長という方が、一月一日からこちらの所長として配属になります」

「えっ？　葛谷？　誰？」

「それ確か地味にヤバい奴《やつ》だぞ」

「まじか」

私も葛谷所長の名前は他の営業所の事務さんから聞いたことがある。その事務さんも、地味にヤバい奴らしいと言っていた。どう地味にヤバいのかは知らない。

「こらこら、あんまり失礼なこと言うんじゃないよ。葛谷さん、この辺で仕事するの初めてだからみんな優しく接してあげてね。それでは、以上で朝礼を終わります。気をつけていってらっしゃい」

「うっす」

「おつっす」

「えーっつうか俺、所長の異動も菊本課長の異動もめっちゃショックぅ」

うんうんうんうんうんわかるわかるわかるわかる。

私もめっちゃショックぅ……。

嘘《うそ》でしょ。私、人見知りなわけよ。事務だから所長と連携してやる仕事多いわけよ。

所長が異動して一番ショックでかいの、私ですから……。

「あねごも大変スねぇ」

配送の若い子に言われて、深くうなずく。

「うん、もう、ほんと、びっくり」

そんな話、聞いてないよー。

皆が出払った後、蓮見所長はいつも通り、コーヒーサーバーの前に立った。

「ふぅ……」

「いやいや。ふぅ、じゃないんですよ」

「ええ？」

笑いながら蓮見所長はマイルドブレンド・ブラックのボタンを押し、ストレッチをしながら振り返る。

「松沢《まつざわ》さんはなんともないでしょ？　平気でしょ？」

「平気じゃないですよー」

思わず、苦虫を嚙《か》み潰《つぶ》したような顔になる。

「所長代わると、大変？」

「大変ですよ。その上、葛谷所長だなんて……」

「まあまあ、そう言《い》わず。葛谷さんも、めちゃくちゃ人でなしとかではないから」

葛谷所長の良い評判、聞いたことがない。

「めちゃくちゃ人でなしとかではない……」

そっかあ。めちゃくちゃ人でなしではないのかあ〜。よかったあ〜。

ってなるか……。まあ一ミリくらいは、なったか。

「大体、なんだかんだ言って松沢さん、安定感があるからね。誰が来ようが大丈夫だと思うけど」

「あります？　私に安定感」

「あるある。まあわかるよ？　きっと新しい人来ると緊張して警戒しちゃうんでしょ？

でもどうせその後打ち解けて、そのキツネみたいな目で睨《にら》み付《つ》けながら悪態つくようになるんでしょ？　だから大丈夫だよ」

「えー私そんな人だとしたら、いいところないじゃないですかあ」

「そんなことないよ。いいところあるよ」

「どこが……です？」

どさくさにまぎれて、聞いてみちゃう。

「えーいやあだってぇ、結構臨機応変で柔軟だしぃ、この営業所のことならなんでも知ってるしぃ、お客さんからも好かれてるしぃ」

「ふむふむふむ」

いいねいいね。自己肯定感上がるね。

「あとほら、面白い話とかして楽しませてくれるし！」

「いや、それは……。誰にでもってわけじゃあ」

なんだか急に決まりが悪くなって、口をつぐむ。

「まーとにかく松沢さんならなにがあっても大丈夫だから。ドーンと構えてりゃいいのよ、ドーンと」

「ドーンと……してたら怖くないすか、私がドーンとしてたら……」

「まあ。確かに」

「確かにじゃねんですよ」

「ははは」

蓮見所長はできあがったコーヒーを取り出し、口をつける。

「あっつ！」

「もう……。気をつけてくださいよ」

「このところ気をつけてたんだけどねぇ、気をつけ忘れちゃった。あー仕事しよ仕事！」

所長は左手にコーヒーを持ち、右肩をグルグル回しながら席に戻っていった。


家に帰ると、慧《けい》がいた。

「おかえり夕夏《ゆうか》ちゃーん」

ソファーに寝転がりながら、なにやら本を読んでいる。

「お、なに読んでんの？」

「あーこれ？　細川桜月《ほそかわおうげつ》って人の恋愛小説」

「へえー。慧、恋愛小説が好きなんだ」

「うん、まあねー。特にピュアな純愛ものが好きかな。この人のはピュアッピュアでヤバい。はー僕もこんな恋したいなあー」

「恋ねえ……」

恋かあ。そういう気持ち、どこかに置いてきちゃったのかな。

恋するトキメキ？　もはや何年も味わってなくて忘れた。

「姐姐《ジェジェ》おかえりー」

キッチンから出てきた妹妹《メイメイ》が、私の顔を見るなり眉をひそめた。

「姐姐、なんかあった？」

「え？　なんで？」

「なんか……悲しいことがあったみたいな顔だから」

「えっ。ああー」

うっそー、私そんな顔になっちゃってた？　思わず顔に手を当てる。

「いやー実はね、所長が来月異動することになっちゃったのよ。だから、新しい所長とうまくやっていけるかなーとか心配だったり……。その、寂しいしね。やっぱり」

「そっか、あの浅草《あさくさ》でおいしいパフェをおごってくれた所長さんが……。姐姐、所長さんと仲良かったもんね」

「うん、まあね……」

「そっか」

妹妹は少しうつむいた。

「私ね、よく所長に妹妹の話をしてたんだ。おいしい手料理を毎日食べられるなんて、松沢さんはずるいよって毎回うらやましがられてさー」

「……所長さんは独身なんだったっけ？」

「うん。独身っていうか、十年くらい前に奥さんが亡くなったらしいんだよね。それ以来ずっと一人で暮らしててさ」

「だったら……。所長さん、今度夕ごはんに呼ぶ？」

「えっ。いいの？」

「もちろん。今まで姐姐がお世話になった人だからね。腕によりをかけて、おもてなしするよ！　私のごはんをそんなにうらやましいって思ってもらってたなら、一度食べてほしいし。浅草のときのお礼もできてないし」

「そっかあー」

そうだなあ。なんとなく今まで勇気が出なくて言えなかったけど、もう最後だし。

「じゃあ、お誘いしてみようかな」

そう言うと、妹妹は深くうなずいた。

「好的《ハオダ》。それがいいよ」

翌日、いつも通り人は出払って所長と二人きりになったものの、なかなか「うちにごはん食べに来ませんか」と切り出せないまま時が過ぎていく。

――えー続いては、恋愛相談のメッセージをいただいたので、そちらをご紹介します。北区《きたく》のラジオネーム「月夜の散歩」さん。実は私、職場の人に片思いをしているんです。

カタカタ、とキーボードを打ち鳴らすわずかな音以外、なにも音のない営業所内。ラジオの音がえらく澄んだ音で響き渡っているように、こんなときには感じてしまう。よりによって職場恋愛のネタか。これから所長をごはんに誘うハードルが一段と高くなった気がして、勝手に気まずくなる。だけど恋愛のネタになった途端ラジオを止めたりするのも、それはそれで意識しすぎみたいで嫌だし。

――その人はずっとお世話になっていた上司でした。包容力のある優しい性格に惹《ひ》かれてはいたものの、なかなか上司と部下以上の関係になりたいという想《おも》いを伝えることができないまま、時は過ぎていき……。ついに来月、上司が名古屋《なごや》へ転勤することが決まってしまいました。

ウゥン、と蓮見所長が咳払《せきばら》いをする。あの様子だとバッチリラジオを聴いているな。もしかしたらあっちも、この状況で職場恋愛のネタはちょっと気まずいなと思っているのではないか。

――大好きだった上司に想いを伝えるべきか、この想いは胸にしまっておくべきか。私はどうするべきなのでしょうか。ですがもはや、この熱い想いは胸からはち切れんばかりに膨れ上がりとてもとても止められそうになどありま「バチン!」

いたたまれない気持ちになり、思わずすごい勢いでラジオのスイッチをぶっ叩《たた》いてしまった。

「……どうかした？　松沢さん」

驚いた顔で蓮見所長がたずねる。

「いや、ちょっとラジオが今……」

「え、ラジオ？　ごめん俺聴いてなかった。異動の件で既に忙しくなり始めててさー。次の葛谷さんが来るまでに書類整理しとかないとだから」

「そうでしたか……」

なんだ、気まずく思っていたのは私だけかい。思わず「はぁ」とため息を漏らす。

「あの……なにか手伝えることあればやりますけど」

「ほんと？　じゃあこの書類に漏れがないか確認してもらっていいかな？　大丈夫だとは思うけど、葛谷さんにいいかげんな状態で業務を引き継ぎたくなくてさ」

所長から手渡された帳簿を受け取った。ほとんどの事務作業はデータで行っているものの、未《いま》だに所長の承認を得たことを示す手書きのサインやチェックが必要な書類も存在するのだ。もし記入の漏れがあると、監査でご指摘を受けてしまうことになる。

パラパラ、と書類をめくってみる。「所属長・蓮見暁人《あきと》」と書かれた欄をボーっと見つめる。この二年間、なにかとこの名前を目にしてきた。西東京営業所が関わる書類には大抵この名前が印字されていた。でももう、変わっちゃうんだね。

「わかりました。後で見ておきますよ」

ヨロヨロとコーヒーサーバーの元に向かう。なにをやっているんだ私は。コーヒー飲んで気分を入れ替えて、仕事に集中しなければ。

「いやーだけど、この営業所でこうして松沢さんとまったり仕事するのも、あと何日でもなさそうだなあ」

所長は集中力が途切れてしまったのか、ストレッチを始めた。

「えっ？　異動日まではまだ半月以上ありますよね？」

「いや、引き継ぎがあるからね。来週は俺が川越行って引き継ぎ、その次の週は葛谷さんがここに来て俺の業務の引き継ぎ。その次の週は決算をなんとか乗り切って、本年度の最終営業日を迎えたらあとは正月休み」

「うわ……そう思うとめちゃくちゃ忙しいですね」

「ほんとにね。まーた新しいエリアの顧客覚え直さないと。俺は結構好きだったんだけどなあ、西東京営業所」

できあがったカプチーノを取り出しながら、ふと思う。あれ、その予定でいくと、来週は所長は川越に行っちゃうから会えないし、再来週はずっと葛谷所長につきっきりだから、ほぼ話せないわけか。そして決算の山場を迎える月末は、絶対に無駄話をしている余裕なんかない。

焦りを覚えたおかげで、私は自然と話を切り出すことができた。

「あのー所長」

「ん？　なに？」

「妹妹の夕ごはん、食べてみたいですか？」

「おっ!?」

所長の表情が一気に明るくなる。

「いいの、うかがっても」

「はい。っていうか今までも本当は来てもらってもよかったんですけど、なんとなく言い出せずじまいで。でも所長には色々相談に乗ってもらいましたし、妹妹の作るごはんの話もよくしていたから、最後に……どうかなって」

「あのね、すごく食べてみたい。妹妹ちゃんのごはん」

「ですよねー」

「でもそうだなあ、行けるとしたら、ほんとに限られた日しか……。ちょっと待って」

所長はパラパラと手帳をめくる。

「うーん、十二月二十二日の夜なら。どうかな。大丈夫？」

「ちょっと一応、妹妹に聞いてみます」

妹妹にメッセージを送ると、すぐに返信が来た。

「大丈夫だそうです」

「そう？　じゃあ、二十二日の夜で。その日ならあまり残業しなそうなんだよな。松沢さんもその日は早めにあがれそう？」

「そうですね。きっと定時であがります」

「多分俺のほうが少し遅くなるだろうから、仕事が終わり次第、直接松沢さんちにうかがうよ。あれ？　松沢さんちって田無《たなし》のどのへん？　ここから歩いていける距離なんだよね？」

「そうですよー。えっとですねぇ」

地図アプリを表示して、所長に我が家の場所を説明する。

「オッケー、大体わかった。じゃあ、八時頃までにはうかがうから。ちょっと遅くなって悪いけど」

「いえいえ。では、妹妹と一緒にお待ちしてます」

「いやー楽しみだなあー！　妹妹ちゃんの夕ごはん！」

「ほんとに嬉《うれ》しそうですね」

「そりゃあ嬉しいよお！　もうこの先の予定でそれしか嬉しいことがない！」

「唯一ですか」

「はい。オンリー。えーもうどうして俺って異動になったのー？　ほんとに嫌だー」

所長はげんなりした顔でそう言うと、机に倒れ込むように突っ伏した。

◇◇◇

よしっ、あとは弱火で煮続ければＯＫね。

得意料理である豚の角煮もこれでひと段落。他のおかずもほぼできあがっている。

今日は姐姐がいつもお世話になっている所長さんが、ごはんを食べに来ることになっている。浅草で会ったときの所長さん、優しくていい人そうだった。ちょっと顔は無表情で暗かったけど……。姐姐とやけにくだけた調子で話していたのが、少し気にもなっていた。

姐姐、所長さんの異動が決まってからというもの、どこか寂しげだ。それくらいに所長さんと姐姐の絆《きずな》は深かったのだろう。

――絆。どんな、絆？

ともかく、今まで姐姐がお世話になったことへの感謝の気持ちを伝えるためにも、今日の夕ごはん、絶対に成功させなければ。

こういうシャキッとした気持ちでお料理をするの、久しぶりかもしれない。いつものみんなに夕ごはんを作るのは家族に作るようなものだから、全然緊張なんかしないもの。鼻歌を歌いながら作っちゃう。

お料理って、気合を入れすぎると逆にうまくいかないときがある。

だけど私は将来飲食店を開きたいんだから、どんな精神状態のときでもおいしいお料理ができないと駄目だと思う。

平常心平常心平常心平常……。

「はぁ～」

お料理する私の横を、姐姐がため息をつきながら通り過ぎていく。

さっきから明らかに落ち着きがなく、そわそわしながらあちこちをうろうろ歩き回っている。その様子を見ているとこっちまでそわそわしてきちゃう。

「姐姐、ちょっとそわそわしすぎ！」

「ごめん……。別に緊張するほどのことでもないのに、なんとなく落ち着かなくて」

今日の姐姐の雰囲気には違和感を覚える。普通、会社の上司が来るというだけでそんなにも落ち着かない気持ちになるものなのだろうか。

今の姐姐、まるでこれから好きな人との初デートに向かう女の子みたい。

そう思うとまた、複雑な気持ちになってきた。

栗井《あわい》さんと姐姐がうまくいきそうになったときに抱いていたのと同じような、寂しい気持ちと、だけどそんな風に思う自分が嫌な気持ちと……。

「妹妹、なにか手伝うことはない？」

不安げに姐姐がたずねてくる。手持ち無沙汰だと、余計に気持ちが落ち着かないか……。

「ん～、じゃあ一緒に白玉団子作る？」

そう言うと、姐姐は少し表情を明るくした。

「白玉？」

「そう。今日は冬至だから、白玉が入ったスープを食べたいなと思ってね」

私、思うんだよね。白玉が嫌いな人なんて、この世にはいないんじゃないかなって。

もちもちで、柔らかくて、噛《か》めば噛むほど優しい甘みが口の中にじんわり広がる。

白玉は人を幸せにする食べ物だと思う。

「冬至？　十二月二十二日って冬至なんだったっけ。なんかあんまり覚えてなかったな」

姐姐は首をかしげながらカレンダーに目をやる。

「冬至の日は毎年変わるからね。今年の冬至は今日だよ」

「そうだったんだ。冬至っていうと、日本ではカボチャを食べるけど、台湾《たいわん》じゃ白玉のスープを飲むわけ？」

「そうだよー。私の家ではね、毎年冬至の日は、必ず客家鹹湯圓《クージャーシェンタンユエン》っていう、紅白の白玉入りのスープを食べたの。忙しくてもできるだけ、家族みんなでそろって食べるようにしてた。そういう習わしだからね。お肉や季節の野菜も入ってて、栄養たっぷりだし身体《からだ》が温まるんだ」

「へえー。お肉や野菜と……白玉。なんとなく白玉っていうと、甘味のイメージだけど……」

「もうスープは結構できてるの。ほら」

私は火にかけている鍋の蓋を開いてみせた。豚バラ肉や干《ほ》し椎茸《しいたけ》、干《ほ》し海老《えび》が入ったスープがぐつぐつ煮えている。

「醬油《しょうゆ》と塩、白胡椒《しろこしょう》で味付けしてあるよ。最後に白玉と野菜を加えれば完成するの」

「ほう」

「じゃ、さっそく白玉団子作ろっか」

「うん！」

姐姐は子供みたいに返事をした。

白玉粉に水を加え、耳たぶくらいの固さに練っていく。色をつける分を取り分けて、そちらには水で溶いた食紅を加える。

「これをコロコロって丸めて、茹《ゆ》でればいいだけ」

「簡単だなあ……」

姐姐と二人、並んで白玉を丸めていく。

コロコロ。コロコロコロコロ。

それから白玉を茹で、浮いてきてから一分くらいしたら氷水に入れて冷やす。

完成した白玉と、あらかじめ切っておいた春菊、ニラ、セロリをスープの鍋に加えてさっと火を通す。

「これで客家鹹湯圓の出来上がりだよ」

「おおー。なんかこの……緑の野菜が入ったスープにピンクと白の白玉が浮かんでるのが、異文化って感じするわ……」

とそのとき、ピンポーンとインターホンが鳴った。

「あっ、来た来た……」

姐姐は慌ててインターホンの元に駆けていく。

「よしっ……」

私は再び気合を入れ直す。

姐姐と所長さんがどんな関係なのか、今日はよーく観察しとかなくちゃ。

◇◇◇

玄関ドアを開き、所長を出迎える。

「ここの場所、すぐにわかりました？」

「うん、地図アプリ見ながら来たから。おっ」

キッチンから出てきたエプロン姿の妹妹を見て、所長はぺこりと頭を下げる。

「どうも、おひさしぶり。今日は夕ごはん、楽しみにしてます」

「おひさしぶりです。お料理、お口に合うといいんですけど。豚の角煮はお好きですか？」

「大好物」

所長は頬を緩める。すると緊張した面持ちだった妹妹が、ほっとしたように息をついた。

「はいはい。いつまでも玄関にいたら寒いでしょ。早く部屋に入ってください。あ、脱いだコート貸してください。ハンガーにかけとくんで」

私は所長が手に持っていたコートをバサッと剥ぎ取る。

そんな私の様子を妹妹がちらりと見る。

ん？　なになに？　と首をかしげてみせたが、妹妹は不自然にくるりと向きを変え、キッチンへと向かう。

「お料理はもうできてるのですぐに食べられますよ。ちょっと準備してきます」

「ありがとうね」

お礼を言いながら所長はリビングへと向かう。そして小さく叫んだ。

「……おおっ！　これが！」

所長はこちらに振り向き、目を見開いて料金箱を指さす。

「これがあの噂《うわさ》の、料金箱！」

「……そんな仰々しい言い方しないでもらえます？」

「いやあだって、実物見るの初めてだから。じゃ、さっそく五百円を……」

そう言うと財布から五百円玉を親指と人差し指でわざとらしくつまみあげ、楽しげに料金箱の中に放り込む。

「それと、大したものじゃないんだけど」

所長はガサゴソと、和菓子屋の包みをバッグから取り出した。

「はい。琥珀羹《こはくかん》。これ、寒天でできてるんだって。先週川越に行ったときに、なにかいいみやげがないかなって探してたら見つけてさあ。今日は冬至だから『ん』のつく食べ物がいいなあと思って」

「へえ、気の利くおみやげじゃないですか。ありがとうございます。妹妹、お菓子もらったよ。あとでお茶のときにでも食べる？」

「あっ、ありがとうございますー。わあ、綺麗《きれい》」

妹妹はカウンターに置いた琥珀羹を嬉しそうに見つめる。なんだか今日の妹妹、どことなく言動がぎこちない。

所長はリビングをキョロキョロ見回しながら言う。

「今日はゆかいな仲間たち……こほん。楊《ヤン》さんのお友達とか、松沢さんのお友達の親子は来てないの？」

「ですねー。たまたま、どっちも来てないです。今日は用事があったみたいで」

「そっかあ。だけどこの部屋の広さだったら、それだけ人が集まっても余裕がありそうだね」

「ええ、独身女が無駄に広いとこに住んでますから」

「別にそうは言ってないでしょーが」

所長は笑いながらダイニングチェアに腰を下ろした。

そしてなにやら「へー」と感心するようにうなずきながら部屋を眺める。

「しかし、なるほど〜。これが松沢さんの住まいかあ。もっとゴミ屋敷みたいかと思ってたけど、そうでもないんだね」

「いやいや、失礼にも程がありません？　まあ、確かに昔は散らかり放題だったんですけどねー、今は一緒に住んでいる人がいるんで……」

するとキッチンカウンターから妹妹がひょこっと顔を出した。

「元々ゴミ屋敷みたいじゃなかったですよ。私が初めてここに来た日、部屋には塵《ちり》一つ落ちてなかったし、ちゃんと整理整頓されてました。姐姐、こう見えてしっかりしてるんです」

やけに毅然《きぜん》とした態度でそう言い放つ。なんだかちょっと怒っているようにも見える。

「いやいや、妹妹が来るってわかる前のこの部屋は、相当アレだったんだよ～。そういう話は所長にもしてるからさ」

慌てて弁解すると、妹妹は困ったような顔になる。そういえば浅草のときも、妹妹は所長の言うことを真に受けてたっけ。

そっか、妹妹はまだ、所長のことをまともな人だと思ってるんだ。

所長はそういったところを察したのかそうでもないのか、涼しい顔で言った。

「ていうか俺が、ゴミ屋敷に住んでるんだよね。誰も人が来ないと思うと掃除する気にもなれないし、ゴミに囲まれてるとなんだか気持ちも落ち着くしさあ。ゴミが友達っていうのかな……。今朝なんか俺、ゴミに『いってきまーす』って話しかけちゃったよ。そしたらゴミが『イッテラッシャーイ』って」

「まったく、また真顔で変な冗談言って」

「ブッ！」

突然妹妹が吹き出し、そのまま笑い出した。笑いすぎて涙ぐんでいる。

「めっちゃツボに入ってんじゃん」

思わずそう言うと、妹妹は肩を震わせながら言った。

「垃圾是你的朋友《ラージーシーニーディポンヨウ》……。あはははははは……」

よくわからない中国語を口走りながら、妹妹は大笑いしている。

「この人はこういう変な人なの。わかってもらえた？」

そうたずねると、妹妹は笑いながら答えた。

「ＯＫわかった。所長さんは、変な人だったんだね」

そう言うと、所長は残念そうな顔になった。

「俺、変な人扱いなの？」

でもそれがきっかけで、妹妹の緊張は解けたみたいだった。

「じゃあお料理、どんどんカウンターに置いてくから姐姐テーブルに並べて」

「はーい」

今日はどんな夕ごはんかな。私も楽しみだ。

本日の夕ごはんは、さっき作ったばかりの客家鹹湯圓の他に、五香粉《ウーシャンフェン》の香る豚の角煮、カボチャの焼きビーフン、レンコンの甘辛炒《あまからいた》めが用意されていた。

「うわあ、ごちそうだ。いただきます」

瞳を輝かせながら所長はおかずを取り皿にとっていく。

「綺麗な角煮だね。プルプルで味が沁《し》みてて、見るからにおいしそうだよ。カボチャの焼きビーフンってのは初めて食べるなあ……。そしてなんといっても、このスープ」

所長はお椀《わん》に取り分けられた紅白の白玉スープを見つめる。

「なんだかやけにおめでたい感じのスープだねえ」

するとと妹妹が説明を始めた。

「寒くなるにつれて段々短くなっていく昼の時間が、冬至の日を境にまた増えていきますよね。台湾ではそれを、冬至の日に陰と陽が交代する、という風に考えるんですよ。紅白のお団子は、その陰と陽を表しているんです」

「へえー、深い意味があったんだ」

所長は感心したようにうなずく。

「それから丸いお団子は円満を意味します。台湾では冬至の日は、家族みんなで集まってこの白玉入りのスープを食べながら、家庭の円満や、物事が円満に進むことを願うんです」

「なんだか……心まであったかくなるようなスープだね。ありがたく、いただきます」

所長はレンゲでスープと白玉をすくい、ゆっくりと口に運ぶ。

「うん。おいしい。だしが効いてて豚バラや野菜のうまみもあって、白玉がモチモチで。これを食べるだけで幸せになれる」

「お口に合ってよかったです」

ホッとした様子で妹妹が言った。

「松沢さんが、よくあなたの料理がおいしいおいしいって会社でも俺に話してくれてたんだけどね、本当に涙が出そうなくらいおいしい。いやあ、最後に食べられてよかったなあ」

「最後……」

妹妹は少し考えてから言った。

「所長さんは異動になったから、遠くへ引っ越すんですか？」

「ん？　俺は引っ越さないよ。今、所沢《ところざわ》のマンションに住んでるからね。そこから川越ならまあ通えなくはないから」

「所沢というのは、田無から遠いですか？」

「いや、全然遠くないよ。電車で二十分くらいだね」

「だったら……。私のごはん食べたくなったら、またいつでも来てください」

所長はびっくりした顔で妹妹を見る。

「えっ？　いいの？」

「はい、私の夕ごはん食べたいなーと思ったら、当日の五時までに連絡ください。そうすれば所長さんの分も作っておきますよ」

「飲食店みたいなノリで予約して来ていいってこと？」

「はい。他にもそうしてる方いますので、遠慮なく」

「ほんとの、ほんとの、ほんとに？」

「はい。本当に来てほしいです」

「松沢さんもいいの？」

「もちろんどうぞー」

「やったー！」

所長はガッツポーズを決めた。

「そしたら、さっそく連絡先交換しておきましょう」

妹妹はすぐにポケットからスマホを取り出し、メッセージアプリを開き始める。

こういうときの妹妹の行動力、半端ない。

食後にはみんなで所長のおみやげの琥珀羹をつまみながら、妹妹の淹《い》れてくれた梨山《リーシャン》烏龍茶《ウーロンチャ》を飲んだ。

お茶を口に含むと、所長は目を見開いた。

「……このお茶、信じられないくらいおいしいね。上品な香りで優しい甘みがあって、なんというか飲むと身体《からだ》が清められていくみたいに感じるよ」

「この烏龍茶は梨山という高山で採れた烏龍茶なんです。梨山は寒暖差が激しくて霧が多い環境で、霧で日光が遮られる分、茶葉はゆっくりと栄養を蓄えながら生長し、うまみをたっぷり含みます。梨山のお茶は台湾の高山茶の中でも最高品質だと言われていて、これは私のとっておきのお茶ですよ」

「そんな良いお茶を出してくれたんだ。ありがとう。よく味わって飲むよ」

「はー、お茶おいしー」

私はぐいっと茶杯《チャベイ》の中身を飲み干し、パステルカラーの美しい琥珀羹の中からオレンジ色のやつをひょいっとつまむ。

「えー、琥珀羹ってこういうんだね。外側がパリパリで中がとろっとしてるー。めっちゃうまー」

そんな私の様子を所長はまじまじと見つめる。

「松沢さんが食べてると、高級茶と琥珀羹も、日本酒と鮭《さけ》とばみたいに見えてくるから不思議だね」

「え？　それがなにかいけませんか!?」

わざと語気を強めてそう言うと、所長は大仏のように微笑《ほほえ》んで言った。

「とてもすばらしいことだと思うよ」

「わー、うさんくさーい」

そんな所長と私のやりとりを聞きながら、妹妹がぽつりと漏らした。

「原來如此《ユァンライルーツゥ》……」

「えっ、なになに？」

聞き返すと、妹妹は首を振った。

「なんでもなーい」


それから今年の最終営業日までは、あっという間に過ぎていった。嵐のような決算業務をあたふたしながらなんとか終わらせ、私はその日、一年で一番遅くまで会社に残って仕事をしていた。

配送員やメンテさん、営業さんはみんなとっくに帰ってしまった。

残っているのは、蓮見所長と私だけ。

「ようやく、終わったね。お疲れさま」

「所長もお疲れさまでした。ここでの最後の仕事を終えましたね」

「そうだねぇ……。さて、もう遅い時間だし、戸締まりして帰ろうか」

「わー、ちょっと待ってください。机片づけて荷物まとめるんで」

バタバタしながら荷物をバッグにつっこみ、電気を消して所長と営業所を出る。

辺りは真っ暗で、わずかな街灯の光が私たち二人を照らしている。

「では……本年中は大変お世話になりました」

所長があらたまった調子でそう言い、ぺこりと頭を下げた。

「こちらこそ、大変お世話になりました」

真似《まね》してぺこりと頭を下げる。

「俺はね……」

「？」

なんだろう、と思いながら顔をあげる。

「この二年間、松沢さんのおかげで、寂しくなかったよ」

「…………えっ」

「じゃ、よいお年を」

最後にニカッと目じりに皺《しわ》をよせながら笑ってみせると、蓮見所長はやけに早足でその場から去っていく。なにしろ脚が長いもんだから、すごいスピードで去っていってしまう。

「よ、よいお年を――！」

慌てて大声で叫ぶ。

所長はちらりとこちらに振り向き、手を大きくブンブン振る。

――なんだよこれ！　色んな感情を言葉にさせてくれよ！　わけわかんないじゃん！

私も真似してブンブン手を振る。二人でブンブン手を振り合っている。

子供じゃないんだからさぁ……。

しばらくすると所長は満足げにうなずき、くるりと踵《きびす》を返してまた歩き始める。

そうして目頭が熱くなり始めた頃にはもう、所長の姿は見えなくなっていた。

「おはようございます」

月初の業務も落ち着いた一月中旬のある日。

私はこの頃いつもそうであるように、暗い表情でブライトドリンク西東京営業所に出社し、ため息をつきながら席に座る。

所内全体の空気自体、どんよりとしている。所長が代わるとこんなにも雰囲気って変化してしまうものなんだな。

あのひょうひょうとした感情の薄いルパン三世は、なにげによくやってくれてたってわけだ。

「松沢さん、おはよう～」

葛谷所長が書類の束を手に私の席へとやって来る。いつも通り穏やかな笑みを浮かべている。

前評判が悪かったので、葛谷所長の低姿勢でニコニコした様子を見て、最初のうちは拍子抜けしたものだった。もしかして、いい人なんじゃないかとさえ思った。

だが彼は実際、評判通りの人だった。

「……おはようございます」

暗い声で返事をする。葛谷所長は私のデスクにドサッと持ってきた書類を置きながら言った。

「営業部からのメール、見た？　さっき全部署あてに送信されてたやつ」

「いえ、まだ出勤したばかりなので」

「あそう。読んで、対応しといてもらえるかなあ？」

こういう場合、絶対に厄介なことを押し付けられているのだ。これまでのわずか半月程度の経験だけでも、それがわかってしまう。

「わかりました、見ておきます」

「頼むね～」

そう言うと、所長はブライトドリンクのロゴが入ったヨレヨレのジャンパーを羽織り、すっと外に出かけてしまった。

大抵の場合、そのまま夕方まで戻らない。

メンテナンス担当の米田《よねだ》係長が、私の席へやって来る。

「配送担当から聞いたけど、葛谷さんがいつも使ってる社用車が昨日の昼頃、パチンコ屋の駐車場に停《と》めてあったってさ」

「えええ？　社用車でパチンコに行ってるんですか？」

「そうみたいだよ。それに昨日だけじゃなく、何度か見かけたらしい。いつも朝から出て行って夕方まで帰らないんだろう？　そうやって外で油売ってんじゃないかな」

「そんな……」

ため息をつきながらメールを確認する。やっぱり営業部からのメールは厄介な案件だった。それにこのメール、各営業所の所長に対応願いますって書いてあるのに……。

「ロゴ入りジャンパーで勤務時間中にパチンコ屋行くなんてなあ」

やれやれ、と米田係長が首を横に振ってみせる。

そう、葛谷所長はやはり、地味にヤバい奴《やつ》だった。

そして確かに、めちゃくちゃ人でなしとかでもない。

先程葛谷所長が置いていった書類の束の上には、どういう意味合いのものなのか、のど飴《あめ》がちょこんとのっけてあった。

やがて米田係長も出かけていき、営業所内でひとりぼっちになった私は、いつも通りにラジオをつける。

――トウケイエフエム、エイティ～。

今やラジオだけが私の友達だ。

日中は常にひとりきり。誰とも会話せず、黙々と仕事をする。困ったことが起きても、傍《そば》に相談できる人はいない。

私は正直に言って、あの人のいないこの営業所で過ごすのが、とても寂しい。

だから毎日、暗い顔をしているんだ。


仕事を終えて帰宅する。

「ただいまあ〜」

「姐姐おかえりぃ」

妹妹がキッチンからひょこっと顔を出す。

妹妹の顔を見ると、心が安らぐ。そして救われた気持ちになる。

「やっぱり今日も、疲れた顔してるよ」

悲しそうに妹妹は眉をひそめた。

「ちょっと新しい所長になってから大変だからさ……。でも心配しないで、なんとかはなってるから」

「そう？」

「……うん」

服を着替えに、自室へ向かった。

◇◇◇

無言の、食卓。

最近の姐姐には重たい空気が常にまとわりついている。

それを振り払ってあげたいのに、私にはなにもできない。

「そういえば結局あれから、蓮見さん来てないね」

ふと思いついてそう言うと、姐姐は暗い顔のまま答えた。

「そうね。まあでもあの人は、きっともう来ないよ」

「どうしてそう思うの？」

たずねると、姐姐はくしゃ、と顔を歪《ゆが》めた。

「多分ね、あの日は本当にまた来たいなって思ってたんだよ。でもその後お正月休みだったでしょ？　まさかお正月から私の家に夕ごはん食べに来たいなんて言えなかっただろうし。そうやって日が空くうちに、もう妹妹にごはん食べに行きたいって連絡する勇気がなくなっちゃったんだよ」

「そういうもの？」

「まあ、あの人の場合はね」

姐姐はもぐもぐ、と切り干し大根入りのオムレツを食べ進める。

その様子を見ていて思う。

駄目だ、今の姐姐を助け出せるのは、あの人しかいないんだ。

「姐姐から、また食べに来ませんかって連絡してみたら？」

「そんな……」

姐姐の箸が止まる。

「言えないよ。異動したばっかりで、きっと今忙しいもん」

「だけど休日の夜にごはんを食べに外に出る時間くらいはあるんじゃない？」

「まあそりゃあ、そうかもしれないけど。休日くらい、一人で落ち着いて過ごしたいかもしれないじゃない」

「そうかなあ」

姐姐はまた無言で、オムレツを食べ始めた。

その様子を見ていると、胸が痛む。

「ごちそうさまでした」

両手を合わせてそう言うと、姐姐は食べ終えた食器を流しに運び始めた。私はとっさにそれを止める。

「あっ、いいよ姐姐。休んでなよ」

「でも……」

「いいから、ソファーに座ってて。そうだ、乾燥棗《かんそうなつめ》でも食べながらお茶しない？　棗は胃腸にいいし、心をおだやかにする効果があるんだよ」

「そう。じゃあそれもらう」

姐姐は顔を伏せ、ソファーに倒れ込むように横になった。

「為什麼《なぜ》你不能對你最關心的人誠實《一番大切な人には素直になれないの》？」

思わずそうつぶやく。

そしてあの日夕ごはんを食べに来た所長さんを思い浮かべる。

姐姐と仲のいい様子を見ていると、彼に姐姐をとられちゃうみたいで、寂しいなと思ってた。だけどあの人、気取らなくて温かくて、いい人だった。ちょっとヘンテコな人だけどね。

なによりこんな状態の姐姐、見ていられない。

姐姐が動けないなら、私が動けばいい。その結果、私と姐姐が離れ離れになるかもしれなくても、私は姐姐にまた笑ってほしい。

求められるために尽くすわけじゃない。過去の自分をなぐさめるためでもない。

大切な人の笑顔が私の幸せだから、私はそうしたい。

きっと環境が変わっても、私と姐姐の関係がなくなったりはしないだろう。心の中にある大切なものも、どこかに消えてしまったりは、しないんだ。

おばあちゃんがくれた温かさが、いつまでも私の胸を温め続けているみたいに。

◇◇◇

ようやく長い一週間が終わり、週末の朝を迎える。

「はぁ～、今日なにしよっかな」

妹妹が作ってくれた鹹豆漿《シェントウジャン》をすすりながら考える。気分転換に外にでも出るか、家でダラダラ過ごすか。

「そういえば今日の夕ごはん、慧も綾乃《あやの》さんたちも来るってさ」

妹妹がメッセージアプリを確認しながら言う。

「そっかあ。じゃあ一緒に食材の買い出しにでも行く?」

「そうだね。今夜は人数が多いから色々作れるな」

「色々作れるのが嬉《うれ》しいんだね」

「うん。そのほうがお店みたいだし」

ニコニコしながら妹妹が言う。

「確かに。じゃ、食べ終わったら着替えるかー」

「だねー」

「はー、着替えってめんどくさーい」

「着替えくらいめんどくさがらないの！　せっかくの休日なんだから、好きな服を着てメイクして、綺麗《きれい》にしてなよ。そうしたら元気出るから」

「まあね、そういうの大事だよね」

仕方ない、そうするかー。と思いながら、ずずっと鹹豆漿をすする。

夕方六時頃。我が家にはわらわらと人が集まってきた。

「慧いらっしゃーい」

「夕夏ちゃんこんばんはー。ハルミ、前に話してた漫画持ってきたよー」

「慧ちゃんありがとー」

チャリーンと慧が料金箱に五百円玉を入れる。

「おじゃましまーす」

「しまーす」

綾乃と希乃花《ののか》ちゃんもやって来た。

「ねーねー、ののかがやりたい」

「はいはい、わかりましたよ」

綾乃が希乃花ちゃんにお金を渡す。

チャリーンチャリーン。希乃花ちゃんが料金箱に、五百円玉を二枚入れる。

「みんな揃《そろ》うのってちょっと久しぶり？」

そう言った私に綾乃がうなずく。

「だよねえ。お正月休みは私たちも慧ちゃんも実家に帰ってたし」

「久々の実家、どうだった？」

たずねると、慧はうかない顔をした。

「僕、実家では女装のこともバイトの内容も隠してるから……。あんまり落ち着かなかったな。いずれは両親に言うつもりだけどね。こっちに戻ってきて、気が楽になった感じ。今はここが僕の居場所だから」

すると綾乃が身を乗り出すようにして言った。

「わっかるぅー。私も離婚して以来、親戚の集まる場ではどことなく居心地が悪いのよ。不憫《ふびん》な人だと思われてそう、とか色々考えちゃって。今はこっちでの新しい生活の中にいたほうが、気持ちが楽なの」

「それになんていうかさー、ここのみんなは僕らしい僕を、自然体で受け入れてくれてる気がするからさー。ここでの僕は、男の子でも女の子でもなくて、僕のままでいられるから」

「確かにそういう雰囲気だね。私もさ、他の場所だと母親としての顔をしてなきゃ、社会人としての顔をしてなきゃって構えちゃってるけど、ここだと素直な自分でいられるな。なんでだろ」

「ん〜僕思うんだけど、ここにいると気楽なのは、夕夏ちゃんとハルミが持ってる雰囲気のせいじゃないかな」

「へ？　私たちの雰囲気？」

思わず慧に聞き返す。

「うん。夕夏ちゃんとハルミって、ありのままで大丈夫だよ〜って感じだから」

「ああ、まあ確かにそういうたちかな。あんま取り繕うの好きじゃないし、みんな自分らしくしてくれてたらいいなって」

「私も、リラックスできるような関係性が好き。ほんとの心がつながっていることに、価値があるんじゃないかなって思うから」

妹妹が付け加えた。

とそのとき、ピンポーンとインターホンのチャイムが鳴った。

「えっ、宅配便とか頼んだっけ？」

なにも思い出せないけれど、とりあえず妹妹は料理中で出られないし、インターホンのボタンを押す。

するとインターホンの画面に、見覚えのある男性の姿が映し出された。

「あ、すみません蓮見です。今着きました」

「えっ？」

黒いロングコートに無地のリブニット、ストレートデニムという、冬の街であればどこにでもいそうな人みたいな格好をした蓮見所長がそこに立っている。でも会社ではいつもスーツだったから、こういう普段着の姿はなんだか新鮮だ。

「妹妹？」

キッチンカウンターのほうに振り向くと、妹妹が親指をグッと突き立ててみせた。

「私から誘ってみたんだよ。そしたら来たいって言うからさ」

「な、なんで私に内緒で!?」

インターホン越しに、蓮見所長が困った声で呼びかけている。

「あのー。すみませーん」

「あっ、今開けます！」

私は急いでそう答える。

「えっ、なになに？　今日他にも来客あるの？」

「今、男の人映ってたよね？　夕夏ちゃんの知り合い!?」

途端に綾乃と慧が騒ぎ始めた。

「なるほど、夕夏の営業所の所長さんだったんですね」

みんなで妹妹の淹《い》れてくれたジャスミン茶を飲みながら、ソファーのまわりに集まって話している。

「ええ。松沢さんからこの夕ごはんの集まりについてはよく話を聞いていましてね、俺も楊さんの手料理が食べたいって言い続けてたら、異動が決まった去年の年末に、最後だから来ますかって言ってもらって」

「なんだあ。夕夏そんな話、全然してなかったじゃないのー」

拗《す》ねたように綾乃が言う。

「いやだって、特に言うようなタイミングがなかったっていうか……」

「でもまた来られてよかったですよ。楊さんの料理には俺、感動して」

「ですよね。私もこの子も、妹妹ちゃんのお料理には本当に救われているんです」

希乃花ちゃんの頭をなでながら綾乃が言った。

すると妹妹が、キッチンカウンターから私に声をかける。

「姐姐、お料理できたから運ぶの手伝ってー」

「了解〜」

なんだか所長とみんなが話しているのを見ていると、妙に照れてしまう自分がいる。私はさっと立ち上がり、小走りでキッチンへと向かった。

今日の夕ごはんのメインは、麻油鶏《マーヨージー》という鶏肉《とりにく》の薬膳スープ。冬になってから妹妹がよく作ってくれるようになったから、私は既に何度か食べている。骨付きの鶏肉とクコの実を煮込んだもので、食べると身体《からだ》がポカポカになる。今日の麻油鶏にはそうめんも入っているから、これだけでも食事になりそうだ。

それから希乃花ちゃんの好きな大根餅。今日のは干《ほ》し海老《えび》と干《ほ》し椎茸《しいたけ》入りみたい。ひどい偏食だった希乃花ちゃん、最近少しずつだけれど、色んな食材を食べられるようになってきたのだ。

そして慧リクエストの大鶏排《ダージーパイ》。大人の顔より大きな鶏肉の唐揚げで、数年前に旅行した台湾の夜市ではよく見かけた。今や日本でも人気で、時々食べ歩き用に販売している店を見かけるようになった。今日はみんなで食べやすいよう、カットして大皿に盛られている。

さらに小松菜のにんにく炒《いた》め、楊食品《ヤンしょくひん》のラー油がかけられた揚げナス、きくらげとザーサイの入った卵炒め。

「今日はまた一段と豪華じゃない、ハルミ」

「まあね。ちょっと作り過ぎた」

妹妹は最後の料理を運び終え、ポイッとエプロンを外した。

「みんな、座れてるかな？」

私は部屋を見渡した。ソファーとローテーブルの席には綾乃と希乃花ちゃんと慧。ダイニングテーブルには妹妹の部屋から椅子を一つ借りてきて、私と妹妹と蓮見所長。

「意外と入りきるもんなのね……」

「あ、そうだ。姐姐と蓮見さん、ビールはどうする？」

「あー、所長どうします？」

「松沢さんが飲むなら俺も飲むよ」

「じゃ、持ってきます。綾乃はー？」

ソファーのほうに向かって呼びかける。

「私は今日はいいやー」

「了解ー」

冷蔵庫からビールと冷やしておいたグラスを取り出し、ダイニングテーブルの上に並べる。いつもは缶のままでビール飲んじゃうけど、たまに気が向いたときは冷やしたグラスを使うようになった。やっぱそのほうがおいしいから。洗い物はちょっと面倒になるけど、今日はなんだか特別な日だし。

「じゃ、みなさんお疲れさまでした。かんぱーい！」

勝手に乾杯の音頭をとると、みんな慌ててグラスを掲げた。

「夕夏ちゃん突然すぎるし早いから！」

つっこみを入れる慧にかまわず、ビールを喉に流し込む。

「ぷはあ！　人が多いせいかこの部屋いつもよりあったかくない？　そのせいか喉が渇いちゃってさあ」

「まったく、自由だなあ夕夏ちゃんは」

慧がケラケラと笑った。

食事をしながら久々に、蓮見所長と話す。

「どうですか？　川越営業所は」

「うん、ちょっとまだバタバタしてるからわかんないけど……。みんな親切にしてくれてるし、ぼちぼちうまくいってるよ。そっちは？」

「まあ……想像通りの」

「そっか。あんま無理して溜《た》め込《こ》まないようにね。葛谷さんには、遠慮せず言いたいこと言ったほうがいいよ」

「そうですか？」

「うん。じゃないと、余計に悪循環になるからさー。お互いのためにも。それにあの人駄目な人だけど、気は弱いんだよ」

「駄目な人な上に気が弱いんじゃ、駄目駄目じゃないですか」

「そうとも限らないんだよ。こちらから意見を伝えれば、ちゃんと気持ちが通じて動いてくれる人だから。ただビビりなだけでね。自信がなくて逃げ回っちゃうんだよ」

「ああ、なるほど……」

なんとなく、最近の悩みの解決方法が見えてきたような。

「ま、仕事の話はこれくらいにしとこうか。最近どうなの、婚活は」

「あー。もうめっきり、婚活のことなんか忘れちゃってましたよ」

「それはまたどうして」

「どうしてだっけ……」

箸を止め、考える。粟井さんとうまくいかなかったから？

でもそうじゃない気がするなあ。最近は、それどころじゃない気分だったから……。

「まあとにかく、婚活のほうは全く進展なしですね。結婚できる気が一ミリもしません」

「あらそう。そいつはご愁傷様」

ご丁寧に、所長は両手を合わせて拝んでみせた。

「誰も死んじゃあいないんですよ」

「そう？　でも松沢さんの心の中の『希望』が一つ、死んだでしょ？」

「死んだでしょ？　じゃないんですよ。おごそかな顔で言わないでもらえます？」

「ははは」

所長が顔をくしゃくしゃにして笑い始めた。

あれ、この人こんな顔して笑うんだったっけ、と少しドキっとする。

「ごめん、最近正直、楽しいことがあんまりなかったから。やっぱり松沢さんと話すの楽しいや」

そんなことまで言い始める。

「私も毎日つまんないですよ。葛谷所長が一日中外に出てるから、私事務所にひとりぼっちなんですから」

「あらそう。じゃあつまんなくなったら俺に電話かけてもいいよ」

「電話かけてもいいよって……。変じゃないですか、用事もないのに電話するなんて」

「まあねえ……。用事あるふりすれば」

「そっ……んな。まあ……じゃあそうしようかな」

「楽しみに待ってるよ」

笑顔でそう言われたら、なんだか気まずくなってきた私はカリッカリの大鶏排にかぶりつき、ゴクゴクとビールを飲み干した。

「じゃあ、今日は誘ってくれてありがとうね、楊さん。また来させてもらうよ」

「はい、ぜひまた来てください」

「所長、お気をつけてー」

「うん。松沢さんも、あんま飲み過ぎないようにね」

パタリと玄関ドアが閉まる。所長、本当にまた来てくれるだろうか。

所長と話せたおかげで気が晴れた。このところ悩んでいたことも自分の中では解決できたから、もう会社に憂鬱な気持ちで行かなくて済みそうだ。

なによりまた会えて、よかった。ほんとは私、もっと、ずっと……。

「ありがと、妹妹」

隣に立つ妹妹にぽつりと言うと、妹妹は私の背中をぽん、と軽く叩《たた》いて言った。

「お安い御用」

バタバタ、と足音をたてながら、綾乃と慧が駆け寄ってきた。

「ねーねー夕夏、ちょっとちょっと。どういうこと？」

「ほんとだよー、夕夏ちゃんにあんないい人がいたなんてさ。すごく相性が良さそうだった」

「ねーほんと。どこからどう見てもツーカーの仲だったじゃないの」

「綾乃ちゃん、ツーカーの仲ってどういう意味？」

慧にたずねられて綾乃が驚きおののく。

「えーっ！　ウソでしょ！　今の若い子って『ツーカーの仲』って言葉、知らないの⁉」

「しらなーい」

二人が言葉のジェネレーションギャップについての話題で盛り上がる中、妹妹がこそっと話しかけてきた。

「姐姐、私ね、前よりちょっとだけ強い楊春美《チュンメイ》になったんだよ」

「そなの？」

ちらりと妹妹の顔を見る。妹妹はこくりとうなずいた。

「だからさ、姐姐のやりたいように、やってね。私は大丈夫だから」

「私の、やりたいように」

自分の手で未来を変化させるのって、少し怖い。

もしも妹妹と離れ離れになったら、すごく寂しいよ。

妹妹のことも心配だけど、私は自分の生活の中から妹妹が消えてしまうことが、とても嫌だ。私は今の暮らしが大好きなのだ。妹妹とおいしいもの食べて、ダべって、色んな場所へ出かけて。妹妹と生活を共にすることが好きなのだ。

だけど世界は変わり続けていく。妹妹にだって変化が必要なときがやってくる。

「色んなことが変わっていくのはさ、辛《つら》いよね」

思わずぽつりとそう漏らす。だけど妹妹は「ううん」と言った。

「私と姐姐は姉妹でしょ？　色んなことが変わっても、私たちがそう思っている限り、私たちの関係はなくなったりしないよ」

「そうだね」

大事なのは、変化に抗《あらが》うことじゃない。お互いを大切に思う気持ち、それだけ。変化を避けて閉じた世界から動かずにいるなんて、きっと私たちらしくない。

考えてみれば私、人のことは「その人らしくいてほしい」なんて思うくせに、私自身は自分らしい自分のことを恥じているよな。

人が求めるなにかになれるわけでもなく、なろうと無理をするわけでもなく。それなのに自分らしくいることにも臆病で、自分が本当に求めているものに対してさえも、まっすぐ向き合えてない。

私って、めっちゃダサいな。ロックばっか聴いてるのに全然ロックじゃないじゃん。

――そんな自分が嫌なら、やりたいようにやってやれ。

私は着ていたパーカーのポケットにスマホが入っているのを確認すると、そのまま玄関でサンダルを履いた。そしてドアノブに手をかけながら、妹妹のほうへ振り向く。

「ちょっと蓮見さんに言い忘れたことがあったわ」

妹妹はにっこり微笑《ほほえ》んだ。

「姐姐、加油《ジャーヨウ》！」


マンション三階の通路に出る。通路は屋根のない吹きさらしで、手すり壁が延びている。

私は冷たい風に吹かれながら、辺りを見渡す。

目の前の大通りにはもう、彼の姿はない。眼下にはマンションの駐車場が広がっている。

ポケットからスマホを取り出し、アドレス帳から番号を探して電話する。

三回ほどコール音が鳴った後、彼の声が耳元に響いた。

「もしもし？　あれ、俺忘れ物でもした⁉」

だいぶ慌てている様子の彼に、私は告げた。

「いえ、そうじゃなくて……。つかぬことをうかがうんですけど」

「……はい」

「蓮見さん、私と結婚する気あります？」

「えっ……。松沢さん、それは、ほんとのやつ？」

「ほんとのやつです」

そう答えるなり、両目からぶわっと、信じられないくらいの量の涙が溢《あふ》れ出《で》てきた。

恋ってなんだっけ。もうわかんなくなってた。

ただ私には、蓮見さんに対してこれだけの感情がある。

逃げ出したいくらい苦しくて、せつなくて、あたたかな感情がある。

嗚咽《おえつ》を漏らす私に、蓮見さんは言った。

「すぐ戻るから、ちょっと待ってて！　二分で着く！」

それきり、電話は切れた。


——ジャー。パチパチパチパチ。

今日も玄関を開くとキッチンから、妹妹が料理をする音が聞こえてくる。

「ただいまー」

パンプスを脱ぎながらそう言うと、妹妹がひょこっと廊下に顔を出す。

「おかえりぃ。最近帰りが早いね」

「まーね。営業所も落ち着いてきたから」

このところ、葛谷所長とはぼちぼちコミュニケーションがとれるようになってきた。一月前半あたりはみんな残業続きだったけれど、新体制でざわついていた所内も徐々に調子を取り戻し、ここ数日は以前のように、トラブルがなければほぼ残業もせず帰宅している。

若い配送員たちは、根も葉もない噂《うわさ》で盛り上がっている。あねごが葛谷所長にブチ切れて以来、所長はあねごにびびって尻に敷かれるようになり、仕事が円滑に回るようになったというのだ。私は断じてそんなことはしていない。ただ、話をしてみただけなのだ。

人間誰でも話してみれば仲良くなれる、とまでは思わないけれど、理解しようと努力することで少しずつ通じ合えるときもある。

いつも通り部屋着に着替えると、キッチンへと向かった。妹妹が野菜を炒《いた》めている。にんにくのいい香りがして、食欲をそそる。

「夕ごはん、もうすぐできそうだね」

「うん、ちょうどできるとこ……あっ！　我忘了《ウォーワンラ》」

妹妹が慌てて炊飯器の蓋を開き、がっかりした顔をする。

「どしたの」

炊飯器をのぞきこむと、中身はからっぽ。

「ごはん、炊き忘れちゃった」

「あー。でも確か冷凍ごはんがあったよね」

冷凍庫を見ると、昨日の残りごはんをラップにつつんだ塊が見つかった。

「冷凍ごはんじゃ、炒飯《チャーハン》にでもしないとおいしくないでしょ？　だけど二人分の炒飯にしてはちょっとごはんの量が少ないし、炒飯ができるまでにおかずが冷めちゃいそうで」

「なるほど……」

とそのとき、パッとひらめいた。冷凍ごはんと言えば、昔よく実家で食べていたアレだ……。

「焼きおにぎり、作ってあげるよ」

「焼きおにぎり？」

首をかしげる妹妹に「まあ見ておきなって」と言いながら私は早速ごはんをレンジでチンした。その間に材料を用意。ボウルの中にチンしたほかほかごはんとバター、めんつゆ、醤油《しょうゆ》を入れて混ぜ合わせ、三角形になるように握っていく。

そしてアルミホイルの上におにぎりを並べ、魚焼きグリルで片面五分ずつ、強火で焼く。

「できたよー。私の唯一の得意料理」

長皿に小ぶりな焼きおにぎりたちを綺麗《きれい》に整列させる。こんがり焼き目もついていい感じ。バターと醤油の少し焦げた香りがたまらない。

「おお……。なんだこれは」

妹妹が瞳を輝かせた。

「「いただきまーす」」

妹妹と二人で夕ごはん。いつも通りにダイニングチェアに腰かけ、いつも通りにそれぞれのグラスにお茶をそそぎ、いつも通りにあれこれ話しながらおかずをつつく。

「あ、焼きおにぎりおいしい」

頬袋をふくらませながら、妹妹が何度もうなずいている。

「ほんと？　よかったー。なにげに今日のおかずにも合うね」

スパイシーな唐揚げ、にんにくとごま油の効いた野菜炒め、魚のすり身団子入りのスープ。

妹妹が作る料理の味が、いつのまにかすっかり私の日常に溶け込んでいる。

「今度の週末は蓮見さんとデート？」

妹妹にたずねられ、うなずく。

「うんまあね……。でも多分また食事するだけだよ。それだけでも、どーも照れちゃって！」

言いながら、恥ずかしくなってきた。

あの後蓮見さんと私は付き合うことになった。

結婚する気あります？　なんて啖呵《たんか》を切ったのはいいものの、それまで会社の上司だった蓮見さんに突然恋人同士のように振る舞えるわけもなく、あれから二度ほど二人で外食に出かけたものの、ごはんを食べつつ親睦を深める会みたいになってしまっている。

それでも私にとっては充分嬉《うれ》しくて、正直会っているときはドキドキしっぱなしだ。

こういう風になれて、よかった。あのとき勇気を出さなかったら、大切な人とのつながりをあきらめてしまうところだった気がする。まー時間をかけてちょっとずつ、段々こい、段々こいび……こいびとみたいになればよか。

うわっ、恥ずっ！　と顔をしかめながら髪をぐしゃぐしゃしてたら、妹妹に「なにしてるの？」と笑われた。

「あ、そういえば妹妹は週末になにか用事あるの？」

たずねると、妹妹がうなずく。

「実はね……。今度の土曜日、バイトの面接を受けにいこうかと思って」

「えっ、妹妹が、アルバイト？」

「うん。なにげなく求人情報見てたら近場の飲食店で募集があってね。週二日からでOKらしいの。私の将来の夢のためにも、日本の飲食店で働いてみるのはいい経験になると思うから。前からそうしたいなーとは思ってたんだ」

「そっか。確かに飲食店を開店したいなら、経験を積まないとね」

「そろそろ大学生活にも日本での暮らしにも慣れて、余裕が出てきたからね。留学生のバイトに必要な資格外活動許可を受けたし、次のステップに踏み出そうかなって」

「さすがっす」

「だけど、そうするとちょっと申し訳ないことが……」

野菜炒めをつつきつつ、妹妹が少しうつむく。

「え、なになに？」

「そのバイトに受かったら夜の時間帯に勤務することになるから、週に何度かは夕ごはんが作れなくなっちゃうの。一応私がここに住む条件、食費を出して夕ごはんを作ること、だったから」

「あー、なるほど」

でも、これもいい機会かもなと思う。最近妹妹のお手伝いしたり教わったりして、ちょっとずつ私にもできるようになってきた気がするし……。

「じゃあ妹妹がバイトの日は、私が夕ごはん作るよ」

「……えっ!?」

妹妹は目を丸くして驚いている。

「姐姐が、夕ごはんを？」

「うん。まあ簡単なものしか作れないけどさー。最近料理するのも面白いなって興味湧いてきてたし、今後の自分の人生のためにも、料理ができたら暮らしが潤うだろうなって」

「そっかあー！」

妹妹はみるみる笑顔になっていく。

「じゃあ私がバイトの日は、食材を用意してレシピを書き置きしてってあげるね！　なるべく簡単なものにするから。そしたら姐姐もお料理しやすいし、私も食材を駄目にしたりせずうまくやりくりできるし」

「いいねいいね！　わー楽しみになってきたあ〜」

どんなメニューなら簡単かな、と二人でわいわい話し合う。

私たち二人のちょっと新しい生活が、これから始まっていくんだ。わくわくする。


ひとしきり盛り上がってからごはんを食べ終え、食器を片づけて一息つく。

「はーお腹《なか》いっぱい。……なんか部屋、暑くない？　暖房効きすぎ？」

「ごはん食べたし騒いでたからじゃない？　姐姐、ほっぺが赤くなってるよ」

「うっそ。ちょっと空気入れ換えよ」

立ち上がり、ベランダにつながる大きな窓を開く。あー、冬は空気が澄んでいるから星空も綺麗に見えて……。

「あ、満月だ」

思わずそう言って空を指さすと、妹妹も身を乗り出す。

「あ、ほんとだ。まるーい」

「ちょっとベランダに出て見てみる？」

「いいねいいね」

窓を大きく開き、出しっぱなしにしてある二人分のサンダルにそれぞれ足を通してベランダに出る。夜風がひんやりとして、気持ちいい。

「ねえ妹妹みてみて。あの星とあの星とあの星で、冬の大三角」

「えーそうなんだ。姐姐星座に詳しいの？」

「ううん。実は今適当に言った」

「適当かよ」

「だって、どれとどれとどれ結んでも三角になるじゃん。わかんないよ」

「だからって適当に言わなくてもいいでしょ。えー、本当はどれとどれとどれなんだろう」

「あ、そうだ。確か星座のアプリがあるんだよ。それを見れば本当の冬の大三角がわかるかも……」

私たちは白い息を吐きながら、スマホを片手に星空を見上げる。

「あっ、あれがシリウスじゃない？」

妹妹が夜空を指さす。嬉しそうにはしゃいで、瞳をきらきら輝かせて。

「いえいえ、あなたがシリウスですよ」

半分本気で、半分ふざけてそう言うと、妹妹は「ひゃ～っ」と小さく叫んで笑った。

夜空に浮かぶお団子みたいにまんまるいお月様が、私たちを優しく照らしていた。

あとがき

皆様こんばんは、猫田《ねこた》パナです。

この度は「妹妹《メイメイ》の夕ごはん」をお手にとっていただき、ありがとうございます。

私は大抵、夜中に原稿を書いています。午後十時半頃から午前一時半頃まで。間接照明だけの薄暗いリビングで、テーブルの上に九年前に買った富士通《ふじつう》のノートパソコンを広げ、カタカタ文字を入力しています。こうしてあとがきの五行目を書いている現在の時刻は午後二十二時五十八分。隣の部屋では四歳の娘がスヤスヤ眠っております。

そういうわけなので「こんばんは」とご挨拶させていただきました。でも皆様がこのページを開く時間が夜だとは限りませんよね。でも、おはようとこんにちはとこんばんはを全部書くのも変なので「こんばんは」だけにしてみました。

などとあまり意味のないことを申し上げてしまいましたが、こうして偉大なるKADOKAWA様から出版されて全国の書店に流通する本の中に、こんなにも意味のないことを書けるだなんて、とっても贅沢《ぜいたく》なことのように感じます。だからこそ、せっかくだから、贅沢をしてみてしまいました。なので今、すごく楽しいです。

さて、本作は婚活中の夕夏《ゆうか》ねーさんと台湾《たいわん》からの留学生妹妹ちゃん、そして二人の周りのどこか不器用な人々の物語となっております。妹妹ちゃんのおいしいお料理やお茶もお楽しみいただけたら幸いです。このお話を書こうと思ったきっかけは、最近台湾茶の魅力にハマったから。そして過去に台湾へ二度ほど旅行し、楽しかった経験があるからです。

本作に登場する様々な台湾茶、ぜひお飲みになってみてください。作中では茶盤《チャパン》や茶壺《チャフー》、聞香杯《ウェンシャンベイ》などを使用してお茶を淹《い》れるシーンを描いていますが、蓋碗《がいわん》一つあれば充分に台湾茶を味わうことができますし、ティーバッグでお手軽に楽しむこともできます。

それから、過去の台湾旅行のお話をちょっとだけ。台湾を旅行した頃、私はまだ独身で、同じく独身だった妹と一緒に行きました。そして私たちは縁結びのご利益で有名な月下老《げっかろう》人《じん》の祀《まつ》られている、台北《たいぺい》の霞海城隍廟《シアハイチェンホアンミャオ》へお参りしました。

その頃の私は、実は特に結婚をしたいと思っていませんでした。むしろその時点までの人生経験から、この先一生結婚しないほうがいいかもなと思っていました。

それで月下老人にはこんな風にお願いしました。

「ただ一緒にいるだけで、相手も私も幸せな気持ちでいられる。そういう人とのご縁だけを結んでください。もしそういう相手がこの世に存在しないなら、むしろ誰ともご縁は結ばないでください。不幸にしあったり、したくないので」

その後、私は夫と知り合い、わりとすぐに結婚しました。夫は精神的にプラスの影響を与えてくれる人なので、きっと月下老人が願いを叶《かな》えてくださったのだと思っています。ちなみに一緒にお参りした妹も、同じくらいのタイミングで結婚しました。なのでもしかしたら月下老人のパワーは、めっちゃすごいんかもしれません。（でも全人類にとって結婚することが幸せとは思ってないです！）

他にも台湾では様々な思い出があります。四四南村《スースーナンツン》のレトロな街並みを楽しんだり、台湾の原宿《はらじゅく》と言われる西門町《シーメンディン》でハンドメイドイベントを楽しんだり、パワーストーンのお店に金髪水晶を買いに行ったり。土産屋の店員さんに「これおいしい絶対買うべき」と勝手に買い物かごにアップルマンゴーケーキを突っ込まれ、驚いたものの帰国して食べてみたら本当においしかったり。占いの先生に「あなた運気悪くないあと三年で小説家になれる！　だけど努力しないと無理だね！」とのお言葉をいただいたり（実際はその後六年かかったので努力が足りなかった模様）。

そんなエネルギーのあふれる台湾へ、また行きたいです。台湾へ、行きたいわん……。

それから、本作は西東京市《にしとうきょうし》の田無町《たなしちょう》あたりを舞台としています。私は田無に住んでいるわけではないのですが、西武《せいぶ》鉄道沿線の街に四年ほど前から住むようになりました。

引っ越しが決まった時、私は「あの田無に行きやすくなるな！」と嬉《うれ》しくなりました。なぜなら、私は漫画家の福満《ふくみつ》しげゆき先生のエッセイ漫画のファンであり、漫画の中に先生が過去に田無にお住まいだったという描写があったからです。実際田無に行ってみると想像よりも栄えていて、買い物にも便利なところでした。田無神社が好きで時たま行くようになり、今や田無も私にとっては日常の一部。東京だけれど、のどかさもあって暮らしやすい。このあたりでの暮らしが、自分には合っているように感じています。本作では「自分らしさ」をテーマにしたかったので、ありのままを出せそうな田無を舞台に選びました。

最後に、本書出版に関わってくださった全ての方々にお礼申し上げます。

表紙イラストを描いていただいたイラストレーターの mame 様。mame 様に表紙を描いていただけると決まった時から私は大歓喜しており、素晴らしい表紙をいただくのだから絶対に良い作品にしたい！　と気合が入《い》りまくりました。mame 様のイラストが大好きです！　表紙イラスト、姐姐《ジェジェ》と妹妹の雰囲気が私の頭の中の二人と一致していて、レトロで生活感がありながらもかわいらしくて、嬉しかったです。ありがとうございます！

そして担当編集様。プロットを考える段階から、なんとか私の良さを出すためにとお導きいただき、不出来な私を見捨てずに根気よく原稿をみていただき、本当にありがとうございました。担当編集様のおかげで本書のテーマでもある「自分らしさ」を出させていただけたと感じています。心から感謝申し上げます。

それから読者の皆様。「妹妹の夕ごはん」をお読みいただきありがとうございます。皆様に小説を受け取っていただけることが、私の一番の喜びです。前作「英国喫茶 アンティークカップス」の出版後、ネット上で温かなご感想や応援のお言葉をいただいたり、素敵なファンレターをお送りいただいたりして、とても励みになりました。この場をお借りして感謝申し上げます。こんな風に小説を皆様にお読みいただける環境にあるなんて、あらためて恵まれているなと思います。

それでは、また本の扉の向こうでお会いできることを願って。

再見《ザイジェン》！

令和五年のある寒い晩、フリースのパジャマに身を包みながら。

猫田パナ

お便りはこちらまで
〒一〇二―八一七七
富士見L文庫編集部　気付
猫田パナ（様）宛
ｍａｍｅ（様）宛

富士見L文庫

妹《メイ》妹《メイ》の夕《ゆう》ごはん
台《たい》湾《わん》料《りょう》理《り》と絶《ぜっ》品《ぴん》茶《ちゃ》、ときどきビール。

猫《ねこ》田《た》パナ

2023年5月15日　初版発行

発行者　山下直久
発　行　株式会社 KADOKAWA
〒102-8177　東京都千代田区富士見2-13-3
電話　0570-002-301（ナビダイヤル）

印刷所　株式会社暁印刷
製本所　本間製本株式会社
装丁者　西村弘美

定価はカバーに表示してあります。　◇◇◇

●お問い合わせ
https://www.kadokawa.co.jp/（「お問い合わせ」へお進みください）
※内容によっては、お答えできない場合があります。
※サポートは日本国内のみとさせていただきます。
※Japanese text only

ISBN 978-4-04-074962-4 C0193